마니석, 고요한 울림

마니석, 고요한 울림 2 (큰글씨책)

초판 1쇄 발행 2020년 3월 25일

지은이 페마체덴
옮긴이 김미헌
펴낸이 강수걸
펴낸곳 산지니
등록 2005년 2월 7일 제 333-3370000251002005000001호
주소 부산광역시 해운대구 수영강변대로 140 BCC 613호
전화 051-504-7070 | 팩스 051-507-7543
홈페이지 www.sanzinibook.com
전자우편 sanzini@sanzinibook.com
블로그 sanzinibook.tistory.com

ISBN 978-89-6545-033-7 04820
978-89-6545-031-3 (세트)

* 책값은 뒤표지에 있습니다.
* 이 도서의 국립중앙도서관 출판예정도서목록(CIP)은 서지정보유통지원시스템 홈페이지(http://seoji.nl.go.kr)와 국가자료공동목록시스템(http://www.nl.go.kr/kolisnet)에서 이용하실 수 있습니다.(CIP제어번호: CIP2020011511)

마니석, 고요한 울림 ❷

페마체덴 지음 · 김미헌 옮김

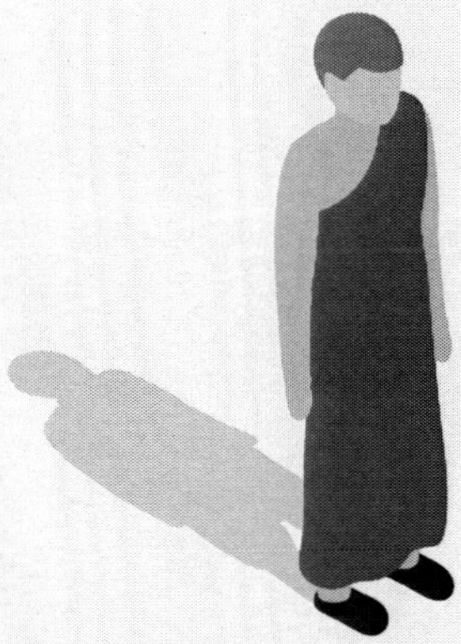

산지니

차례

오후

사다리를 둘러메고 밭두렁을 걷던 소년 안예는 고개를 들어 하늘을 올려다보았다.

"오늘 밤은 유난히 달이 밝네. 얼마나 밝은지 눈도 제대로 못 뜨겠어."

잠에서 깬 소년 안예昂本는 벌떡 일어나 창문을 열고 밖을 쳐다봤다.

"오늘 밤은 달빛이 참 좋네."

소년 안예는 오늘 밤 돌마와 데이트하기로 약속한 게 떠올라 서둘러 몸을 일으켰다. 지금쯤 돌마는 좋은 소식을 가지고 오매불망 자신이 오기만을 기다리고 있을 거라는 생각이 들었다. 집 밖으로 나와 문을 잠그려다 갑자기 뭔가 생각난 듯 다시 집으로 들어갔다. 잠시 후 기다란 사다리를 챙겨 다시 나왔다.

이건 경험에서 우러나온 지혜다. 돌마와 한밤중에 데이트할 때 그녀가 단잠에 빠져 일어나지 않는 날이면 밤새 속절없이 기다리는 것 외엔 할 수 있는 게 없다. 두 사람의 데이트는 보통 한밤중에 진행된다. 먼저 소년 안예가 자정 무렵 돌마의 집 뒤쪽에서 그녀의 방이 있는 옥상을 향해 돌멩이를 던진다. 그

소리를 듣고 돌마가 조용히 방에서 나와 문을 열어준다. 하지만 이런 방법이 통하지 않을 때가 있다. 그녀가 깊이 잠들어버리기라도 하면 그날은 밤새도록 돌멩이만 던지다가 돌아오는 것이다. 또 이런 날도 있었다. 돌마 대신 검고 큰 개가 마중을 나오더니 그를 향해 쉬지 않고 짖어댔다. 이 바람에 도둑이라도 들어온 줄 알고 깜짝 놀라 잠에서 깬 돌마 아버지가 손전등을 들고 집 여기저기를 비추다 안예를 발견하고는 소스라치게 놀랐다.

그래서 이런 묘안을 생각해낸 것이다. 아예 사다리를 가지고 가면, 설령 돌마가 세상 모르게 잠들었다 하더라도 사다리를 타고 바로 옥상으로 올라가면 되기 때문이다.

사다리를 둘러메고 밭두렁을 건던 소년 안예는 고개를 들어 하늘을 올려다보았다.

"오늘 밤은 유난히 달이 밝네. 얼마나 밝은지 눈도 제대로 못 뜨겠어."

논밭에서 불어오는 상쾌한 바람이 얼굴을 스치자 안예는 마음이 한결 편해졌다.

"그래도 밤바람은 좋네."

소년 안예가 밭두렁을 빠져나와 넓은 흙길로 들어섰다.

뱀 한 마리가 혀를 날름거리며 유유히 흙길을 가로질러 지나가고 있었다.

소년 안예는 얼른 제자리에 멈춰 섰다. 평소 뱀을 무서워하는 안예는 뱀만 봤다 하면 벌벌 떤다.

뱀도 지나가다 멈춰 그를 잠깐 쳐다보더니 다시 기어갔다.

소년 안예는 뱀이 사라진 자리를 한참 동안 바라봤다. 그곳에서 다시 갑자기 뱀이 튀어나오면 어쩌나 하는 걱정이 머릿속을 가득 메웠지만 뱀은 다시 나타나지 않았다.

소년 안예는 다시 사다리를 짊어지고 재빨리 흙길을 뛰었다. 그 뒤로 먼지가 피어올랐다.

소년 안예는 발걸음이 한없이 가벼웠다. 어깨에 아무것도 없는 것 같았다. 저 멀리 맞은편에서 이웃 마을에 사는 자브贾巴가 걸어오는 게 보이자 소년 안예는 천천히 걷기 시작했다. 자브는 이 마을 사람들과 사이가 좋은 편이었다. 두 사람은 가끔 한밤중에 밭두렁에서 우연히 만나기도 했다. 예전에 사다리를 한 번 빌려준 뒤로 자브는 소년 안예에게 친절하게 대했고, 그래서 자브에게 호감을 느끼고 있었다. 돌마와 연인이라는 걸 알게 된 마을 청년들은 어떻게든 소년 안예의 트집을 잡으려고 발악을 했었다. 그 때문에 그는 한동안 마음고생을 심하게 했다. 그때 소년 안예에게 '좋게 생각해. 돌마처럼 예쁜 아가씨가 너를 좋아하는데 심란할 게 뭐 있어? 너한테 그렇게 사소한 걱정거리라도 없으면 나 같은 사람은 무슨 재미로 살겠냐'며 위로한 사람이 바로 자브이다. 당시 소년 안예는 자브의 말이 일리가 있다는 생각이 들었고 마을 청년들이 질투를 하는 거라고 넘길 수 있었다.

바로 앞까지 걸어온 자브가 안예에게 인사를 하고는 어디 가느냐고 물었다.

소년 안예는 동문서답이다.

"방금 뱀이 달빛이 비치는 흙길 위로 지나갔어."

자브는 하늘을 한번 올려다보고는 다시 물었다.

"어디 가는 거야?"

소년 안예는 잠시 생각하더니 입을 열었다.

"멈춰서 나를 보더라니까! 사라지자마자 미친 듯이 뛰었어. 난 뱀이 무서워."

자브가 소년 안예의 뒤쪽을 살펴봤다.

소년 안예는 차분한 목소리로 말했다.

"뱀은 진작 갔어."

자브는 소년 안예의 눈을 쳐다보며 물었다.

"이 시간에 어디 가느냐고 아까부터 묻잖아."

조금 이상했다. 평소 이 시간에 우연히 만날 때마다 자브는 항상 불가사의한 표정을 지어 보였다. 하지만 오늘 밤엔 이상하게도 평소 다른 사람과 인사할 때 표정과 별반 다르지 않았다.

이상하다는 생각이 들었지만 그래도 불가사의한 말투로 대답했다.

"당연히 돌마를 만나러 가는 길이지."

자브는 의아한 눈초리로 소년 안예를 쳐다봤다.

"뭐라고? 방금 뭐라고 했어?"

자브가 제대로 못 들었다고 생각한 소년 안예는 다시 한 번 반복했다.

"당연히 돌마를 만나러 가는 길이지."

이번에는 제대로 알아들었는지 자브가 큰 소리로 웃기 시작했다. 어깨에 멘 사다리를 쳐다보며 다시 물었다.

"사다리는 어디에 쓰려고?"

소년 안예는 주변을 살피더니 의미심장하게 말했다.

"사다리를 타고 올라가야 돌마의 방으로 들어갈 수가 있거든. 넌 여자 친구 만날 때 사다리 안 써봤어?"

자브가 또다시 큰 소리로 웃어댔다.

소년 안예는 그 모습이 조금 이상하다는 생각에 말했다.

"왜 웃어?"

자브는 계속 말없이 웃기만 했다.

소년 안예도 웃으며 말했다.

"사다리 필요하면 빌려줄게. 난 늦게 가도 돼."

소년 안예의 말투가 아주 의미심장했다.

자브는 또다시 큰 소리를 내며 웃더니 갑자기 이렇게 말했다.

"멍청이."

순간 소년 안예는 기분이 나빠졌다. 사다리를 내려놓고 정색하며 말했다.

"좋은 뜻으로 한 말인데 나한테 멍청이라니."

자브도 심각한 얼굴로 말했다.

"멍청한 자식!"

소년 안예는 잔뜩 화가 나 자브를 힘껏 밀었다.

"그 말 책임질 수 있으면 다시 말해봐."

자브도 약간 화가 난 듯 큰 소리로 외쳤다.

"너 멍청해. 어쩔래? 멍청한 자식아!"

자브의 말이 끝나기가 무섭게 소년 안예는 자브의 머리를 세차게 한 대 때렸다.

소년 안예에게 맞은 자브는 옆에 있던 물웅덩이로 나가떨어져 일어나지 못했다.

소년 안예는 자빠져 있는 자브를 보며 말했다.

"그 말에 책임질 수 있으면 또 말해봐."

자브는 물웅덩이에 누워 움직이지도, '멍청이'라고도 하지 않았다.

자브가 욕하지 않는 것을 확인한 소년 안예는 땅에 널브러진 사다리를 다시 둘러멨다.

여전히 물웅덩이에 누운 채 꼼짝 않는 자브를 쳐다보며 말했다.

"나한테 멍청이라고만 안 하면 사다리 빌려줄게."

말을 끝내고 다시 사다리를 짊어지고 걷기 시작했다.

열다섯 걸음쯤 걸었을까, 뒤쪽에서 기척이 느껴지자 뒤를 돌아봤다. 자브가 비틀거리며 물웅덩이에서 일어나고 있었다. 그 모습을 보자 소년 안예의 얼굴에 미소가 번졌다.

이때 자브의 목소리가 들려왔다.

"멍청이!"

소년 안예 얼굴에서 순간 웃음기가 사라졌다. '돌아가서 또 패줄까' 하다가 금세 생각을 바꿨다. '돌마가 날 기다리고 있을 텐데, 여기서 이럴 때가 아니야'라는 생각에 웃음마저 터져 나왔다.

자브를 향해 큰소리로 외쳤다.

"지금 돌마가 기다리고 있어서 봐주는 거야. 내일 날 밝으면 혼날 줄 알아!"

이렇게 말을 하고는 다시 사다리를 메고 걷기 시작했다. 등 뒤에서 쉬지 않고 욕하는 자브의 목소리가 계속해서 들려왔다.

소년 안예가 과부 저우바연周措 집 보리 작업장을 지날 때였다. 과부 저우바연은 아이를 업은 채 당나귀 두 마리가 끄는 둥글대*로 쌀보리를 빻고 있었다. 그 모습을 보니 정말 부지런한 사람이라는 생각이 들었다. 오늘처럼 달빛이 좋은 야심한 밤에, 낮에 끝내지 못한 일을 쉬지 않고 하다니 말이다.

등에 업혀 있던 아이가 울며 보채기 시작할 무렵 과부가 보리 작업장 밖에 있던 소년 안예를 발견하고는 큰 소리로

---

* 탈곡을 하는 데 쓰는 원추형의 돌로 된 농기구

말했다.

“우리 아이 젖 먹을 시간인데 너도 와서 차 마시고 가.”

사실 물 한 모금 마실 정신도 없이 서둘러 나오느라 목이 조금 타던 참이었다. 소년 안예는 사다리를 작업장 옆에 세워두고 안으로 들어갔다.

과부 저우바연이 키우는 검은 고양이가 벽 밑 하수구에서 크고 시커먼 쥐를 입에 물고 나타났다. 소년 안예와 눈이 마주친 고양이는 입에 물고 있는 쥐를 뺏길까 두려운 듯 몸을 돌린 채 야옹 하고 울었다. 검은 쥐는 아직 죽지 않았다. 고양이 입에서 필사적으로 발버둥 치면서 작은 눈을 깜박거리며 찌르륵 소리를 내는 것이 소년 안예에게 살려달라고 애원하는 것 같았다.

소년 안예는 애초에 쥐 따위에게 동정심이라곤 눈곱만큼도 없다. 그의 집에 있는 쥐가 예전부터 대대로 내려져 오던 탕카*를 사정없이 갉아 걸레 쪼가리로 만들었을 뿐만 아니라, 어렸을 때 아버지가 직접 가르쳐주시던 경문도 갈기갈기 찢어놓았다. 그 후로 쥐약을 놓고 고양이를 키웠지만 집에 있는 미치광이 쥐를 해결하지 못했다.

검은 고양이 입에 물려 있는 큰 쥐가 궁지에 몰렸다는 듯 소년 안예를 바라보았다. 마치 그가 뭔가 해줄 거라고 넘겨잡은 거 같다.

---

* 직물 위에 화려하게 그린 티베트 불화

소년 안예는 큰 소리로 검은 고양이를 칭찬했다.

"정말 대단하네! 캄캄한 밤에 검은 고양이가 이렇게 크고 시커먼 쥐를 잡다니, 분명 비범한 재능을 갖고 있나 보구나."

그 말이 채 끝나기도 전에 검은 고양이는 크고 시커먼 쥐를 문 채 하수구 반대쪽으로 도망가버렸다.

소년 안예는 아쉽다는 표정으로 하수구를 쳐다보다가 말없이 돌아서 과부 저우바연에게 갔다.

과부 저우바연은 아이에게 젖을 먹이며 소년 안예에게 차를 따라주었다.

과부 저우바연은 과부지만 나이는 어리다. 올해 겨우 스무 살이다. 열일곱에 시집와 열여덟에 남편을 여의고, 열아홉에 홀로 아이를 낳았다. 얼굴도 예쁜 편이라 그녀를 마음에 두고 있는 마을 청년이 한둘이 아니었다. 하지만 정작 그녀가 좋아하는 사람은 다름 아닌 소년 안예였다.

그녀는 아이에게 젖을 먹이면서 소년 안예가 차 마시는 것을 지켜보았다.

소년 안예가 빈 잔을 내려놓는 것을 보고는 다시 차를 가득 채워주며 말했다.

"하얀 돌마는 정말 행복한 여자야."

하얀 돌마는 돌마의 별명이다. 피부가 하얘서 마을 청년들과 아가씨들이 그녀를 하얀 돌마라고 불렀다.

소년 안예는 '당신도 행복한 사람이에요'라고 말하려다 왠지

실례라는 생각이 들어서 한번 쳐다보고는 말을 아꼈다.

과부 저우바연은 소년 안예를 애틋하게 보더니 입을 열었다.

"나한테 장가와라."

처음 듣는 말이 아니다. 예전에도 종종 똑같은 말을 했었다. 그럴 때마다 소년 안예는 애써 못 들은 척 넘어가곤 했다.

과부 저우바연은 계속 애틋하게 그를 바라보았다.

"나한테 장가오면, 집에서 손가락 하나 까딱 안 해도 돼. 먹고 싶은 거 있으면 내가 뭐든지 다 해줄게. 고기가 먹고 싶으면 우리 집에 있는 양 전부 먹어. 그냥 매일 나랑 같이 있어주기만 하면 돼."

가만히 말을 듣고 있던 소년 안예의 얼굴에 웃음이 번졌다.

과부 저우바연은 그의 얼굴을 살피면서 말을 이었다.

"게다가 힘 하나 안 들이고 손발 멀쩡한 아들도 얻을 수 있잖아. 네가 생각해도 이것보다 더 좋은 일은 이 세상에 없을걸! 내가 널 우리 마을에서 가장 행복한 남자로 만들어줄게!"

소년 안예는 뜻밖의 대답을 했다.

"난 그렇게 좋은 복을 타고나지 못해서 당신이 말한 대로 누리지는 못할 거예요. 그거 말고 부탁할 게 있는데 괜찮을지 모르겠네요."

저우바연의 눈빛이 저돌적으로 변하더니 그를 보며 말했다.

"내 건 전부 네 거나 다름없어. 너만 원한다면 지금 당장 내 전부를 줄게."

조금 긴장한 소년 안예가 말을 더듬거리기 시작했다.

"이 집 검은 고양이를 며칠만 빌려줄래요?"

저우바연은 아예 아이를 내려놓더니 몸을 들이밀며 말했다.

"날 평생 빌려줄게."

이때 아이가 자지러지게 울기 시작했다.

소년 안예는 그녀를 힘껏 밀고는 다급하게 말했다.

"아이가 울잖아요. 얼른 젖 물려요."

저우바연이 아이에게 젖을 물리자, 소년 안예는 그 틈을 타 얼른 일어나 사다리를 들고 뛰기 시작했다.

등 뒤에서 저우바연이 외치는 소리가 들려왔다.

"고양이는 그냥 너 가져. 하루가 멀다 하고 쥐를 잡아 오는 통에 안 그래도 꼴 보기 싫어졌어."

돌마의 집에 가려면 반드시 동파东巴 아저씨 집을 지나야 한다.

동파 아저씨 집에 다다랐을 때 경운기 한 대가 소년 안예 옆으로 덜덜거리며 지나가 하마터면 사다리와 부딪힐 뻔했다. 그는 경운기가 지나갈 수 있도록 옆으로 얼른 몸을 피했다. 소년 안예는 덜덜거리는 경운기 소리가 듣기 싫었다. 경운기 뒤에 탄 청년과 아가씨 몇 명이 그에게 인사를 했지만, 자신이 돌마의 집에 간다는 걸 알게 될까 봐 겁이 나 얼른 고개를 푹 숙이고는 못 본 척했다.

경운기 소리가 점점 멀어졌고 소년 안예는 동파 아저씨 집 앞에 도착했다.

동파 아저씨는 담벼락 밑에 오래된 카펫을 깔고 앉아 염주를 돌려가며 육자진언*을 읊고 있었다. 그러다 사다리를 짊어지고 집 앞을 지나가던 소년 안예를 발견하고 큰소리로 외쳤다.

“이럴 때도 다른 사람 집에 도와주러 가다니, 넌 정말 훌륭한 사윗감이구나.”

소년 안예는 조금 이상했다. 속으로 ‘이렇게 야심한 밤에 늙은 아저씨가 뭐 하고 있는 거지?’라고 생각했다. 하지만 곧 깨달았다. 오늘은 분명 좋은 날이고, 돌마가 좋은 소식을 늦은 밤에 알려주기로 한 것도 분명 같은 이유라고. 이런 생각에 그는 웃으며 말했다.

“불경 읊고 계시나 봐요?”

동파 아저씨는 사뭇 진지했다.

“사람이 늙으면 나중을 위해 미리 노잣돈을 준비해야 해. 안 그러면 저승사자께서 갑자기 오셨을 때 같이 가지 못한다니까. 그러니 불경 읊을 수 있을 때 읊어둬야지.”

소년 안예도 아저씨와 함께 불경을 읊고 싶다는 생각이 굴뚝 같았다. 이런 매혹적인 달빛 아래에서 불경을 읊으면 더 많은 노잣돈을 만들 수 있을 것 같았기 때문이다.

---

* 관세음보살의 진언으로 ‘옴 마니 파드메 훔’을 말한다.

동파 아저씨는 소년 안예의 사다리를 보며 물었다.

"그거 거기 놓고 좀 놀다 가렴."

소년 안예는 사다리를 내려놓고 동파 아저씨 옆에 앉았다.

동파 아저씨는 그를 보며 말했다.

"나도 이렇게 능력 있는 사위가 있으면 좋겠는데…."

소년 안예는 아무 대답도 하지 않았다.

"우리 집 사위할 생각 없느냐? 나한테도 딸이 하나 있는데 내가 살날이 얼마 남지 않았단다. 그럼 이 집은 네 것이 되는 거야. 하고 싶은 거 하고, 말하고 싶은 거 말하면서 다른 사람 눈치도 안 보고 살 수 있어. 남자한테 이런 생활도 아주 좋지. 아니, 이것보다 더 좋은 게 뭐가 있겠어? 안 그러냐?"

동파 아저씨의 말에 소년 안예는 숨이 막혔다. 동파 아저씨는 예전에도 소년 안예를 붙잡고 이렇게 말했었다.

동파 아저씨의 딸도 돌마卓玛다. 소년 안예의 마음을 사로잡은 여자 아이와 똑같은 이름이다. 동파 아저씨의 딸은 얼굴이 아주 까매서 마을 청년들과 아가씨들이 하얀 돌마와 반대로 검은 돌마라고 불렀다. 검은 돌마는 올해 스물다섯 살이지만 아저씨는 딸을 다른 집에 시집보낼 생각이 전혀 없다. 그녀와 가깝게 지내던 사내들도 데릴사위로 들어가는 건 다들 손사래를 쳤기 때문에 딸은 여태 독수공방 신세를 면치 못했다.

소년 안예가 계속 아무 말이 없자 동파 아저씨가 다시 입을 열었다.

"하얀 돌마와 잘 되어봤자 좋은 점이 뭐가 있겠느냐? 오빠에, 동생에, 나중에 손에 뭐 하나 떨어지겠니? 매번 그 집에 가서 뼈 빠지게 일 해줘 봤자 결국은 남 좋은 일만 해주는 거지. 너처럼 피붙이 하나 없는 고아가 그럴 필요가 뭐가 있겠니? 우리 집에 오렴. 우리 집에 오면 모든 게 다 네 것이란다."

소년 안예는 결국 자리에서 일어났다.

"전 이 집 사위할 생각 없어요. 전 돌마랑 결혼할 거예요."

동파 아저씨의 미소에 찬바람이 쌩쌩 돌았다.

"체, 그 집에서 하얀 돌마를 너한테 준다고 하더냐? 너 같은 가난뱅이에게 뭘 믿고 딸을 시집보내느냐 말이다!"

소년 안예가 웃으며 말했다.

"도시에 나간 돌마 오빠는 우리 결혼을 논의하러 집에 돌아온 거예요. 지금쯤이면 가족회의가 다 끝날 거라고 해서 서둘러 가는 길이었어요. 돌마 집에서 허락하면 우린 떳떳하게 결혼할 수 있어요."

이때 동파 아저씨가 키우는 큰 누렁이가 헉헉거리며 다가왔다.

평소 소년 안예가 사다리를 메고 돌마 집에 갈 때마다 누렁이는 항상 동파 아저씨 집 근처에 숨어 있다가 갑자기 달려들곤 했다. 그래서 그는 누렁이가 무섭고 싫었다.

눈으로는 누렁이가 조금씩 다가오는 것을 확인하면서 일어나 뛸 준비를 했다.

동파 아저씨가 웃으며 말했다.

"널 물지 않을 거다. 자기편이라고 생각하고 있어."

소년 안예는 누렁이가 평소처럼 으르렁거리지 않는 것을 보고 다시 앉았다.

누렁이가 다가오더니 소년 안예의 가죽 신발을 열심히 핥기 시작했다.

동파 아저씨가 음흉스레 웃으며 입을 열었다.

"어제 누렁이한테 네 이야기를 했단다."

소녀 안예는 누렁이를 힐끗 쳐다보고는 사다리를 들고 뛰었다.

동파 아저씨는 허허 웃으며 소년 안예의 뒷모습을 보며 말했다.

"사위 삼으면 딱인데!"

돌마 집에 거의 도착했을 때 그녀 집에서 키우는 검은 개가 저 멀리서 뛰어와 반겼다. 소년 안예는 예전에 크고 검은 이 개를 특히 싫어했다. 한밤중에 돌마의 집에 올 때마다 개가 항상 뒤에서 쉬지 않고 짖어댔기 때문이다. 한번은 개 짖는 소리에 돌마의 아버지가 잠에서 깬 적도 있다. 큰 돌멩이를 두 개 집어 들고 개가 짖는 곳으로 던지려고 보다가 돌마의 아버지를 발견하고는 너무 놀라 돌마도 잊은 채 부리나케 줄행랑을 쳤었다. 그 후 종종 낮에 와서 맛있는 걸 챙겨줬더니 이제는 소년 안예만 보면 반갑다고 꼬리를 흔든다.

검은 개가 소년 안예 앞으로 뛰어와 꼬리를 흔들었다. 주머니란 주머니는 다 뒤져봤지만 개에게 줄 만한 게 없었다. 아무것도 없다는 걸 알았는지 검은 개는 조금 실망한 것 같았지만 그래도 길 안내라도 하듯 앞장서서 걸었다.

저 멀리 돌마의 집 대문이 활짝 열려 있는 것이 보였다. 조금 이상하다는 생각이 들었다. 닭이며, 돼지며, 양들이 문 앞을 이리저리 돌아다니기 때문에 평소 이 시간에는 항상 굳게 닫혀 있었는데 오늘 밤엔 왜 열려 있는지 도무지 영문을 알 수 없었다.

검은 개는 진작 집 안으로 들어갔다. 소년 안예도 잠시 머뭇거리다가 사다리를 메고 안으로 따라 들어갔다. 마당에 있는 두 번째 문으로 들어가자 이야기하는 목소리가 흘러나왔다. 고개를 들어 주방 창문으로 집 안을 살펴보니 돌마의 아버지, 어머니, 남동생, 그리고 도시에서 돌아온 오빠가 무언가를 상의하고 있었다.

이런 모습을 보자 소년 안예는 갑자기 부끄러운 생각이 들어 얼굴이 빨갛게 달아올랐다. 연인과 데이트를 하는 모습을 가족에게 들키는 것만큼 난감한 일은 없을 것이다. 하물며 오늘은 돌마의 가족이 모두 여기 모여 있다.

소년 안예는 가족들이 눈치채기 전에 서둘러 자리를 뜨려고 했다.

검은 개가 창문 쪽으로 짖어대는 바람에 돌마의 아버지가 소년 안예를 발견했다. 돌마의 아버지가 일어나서 말했다.

"이런 시간에 도와주러 오다니 정말 고맙구나."

소년 안예는 머쓱한 얼굴로 가만히 서 있을 수밖에 없었다.

돌마의 아버지는 소년 안예가 등에 메고 있던 사다리를 발견하고는 물었다.

"사다리는 우리 집에도 있는데 왜 가지고 왔니?"

소년 안예는 조금 망설이다 대답했다.

"추수 시기니까 아마도 쓸 데가 있을 거예요."

돌마의 아버지가 말했다.

"그런 것까지 신경 쓰다니 착하구나. 역시 우리 딸이 사람 보는 눈은 있어."

이때 돌마의 오빠가 주방에서 나오더니 윗주머니에서 홍타샨 담배를 꺼내 소년 안예에게 건넸다.

"받아. 한번 피워봐. 도시에서 가져온 최고급 담배야."

소년 안예는 괜찮다며 거절했지만 결국 받고 말았다.

돌마의 오빠가 담배에 불을 붙이며 말했다.

"우리 집 일을 많이 도와줬다면서? 정말 고맙네."

안예는 적당한 말이 떠오르지 않아 안절부절못하고 있었다.

소년 안예의 모습을 발견한 돌마의 얼굴이 순식간에 빨갛게 달아올랐다. 돌마가 재빨리 밖으로 뛰어나왔고 돌마의 오빠는 두 사람을 위해 자리를 피해주었다.

돌마가 소년 안예의 앞에 서서는 시뻘게진 얼굴로 물었다.

"이 시간에 여긴 왜 왔어? 이 사다리는 대체 뭐고?"

소년 안예는 조금 억울한 생각이 들었다.

"우리 만나기로 했잖아."

잔뜩 화난 돌마가 그를 노려봤다.

"멍청이, 지금은 오후라고. 태양이 아직도 머리 위에 있잖아. 지금 우리 결혼 이야기를 하는 중이었단 말이야."

소년 안예는 조금 어리둥절했다. 시뻘겋게 달아오른 돌마의 얼굴을 보면서 어찌할 바를 몰랐다.

잠시 후 소년 안예는 겨우 입을 열었다.

"그럼 난 돌아가서 좀 더 잘게."

타블로

타블로가 말했다. "저는 소학교만 다니고 더는 안 다녔어요. 부모님이 일찍 돌아가시고 친척들도 저를 도와줄 형편이 아니었거든요. 친척들이 '기억력이 좋으니 마을 몇 집 양을 도맡아서 방목하는 게 어떻겠나?'라고 했어요. 양 한 마리, 한 마리 색깔과 생김새를 잘 기억하면 입에 풀칠은 할 수 있을 거라고요. 다른 수가 없어서 산에 가서 양을 방목하기 시작했어요. 처음 일을 시작했을 때는 양이 136마리였는데, 두 번째 해에는 16마리가 늘어났고, 세 번째 해에는 47마리가 늘어났어요. 네 번째 해에는 11마리밖에 안 늘었지만요. 그해에 폭설이 심해서 새끼 양이 많이 죽었거든요. 에이, 어쨌든 매년 꾸준히 늘고 있지 단 한 번도 줄어들지 않았어요. 지금은 총 375마리가 있는데, 그중에 209마리는 흰 양이고 71마리는 검은 양이고 95마리는 얼룩 양이에요. 134마리는 뿔이 있고 241마리는 뿔이 없어요."

타를로

타를로가 말했다. “저는 소학교만 다니고 더는 안 다녔어요. 부모님이 일찍 돌아가시고 친척들도 저를 도와줄 형편이 아니었거든요. 친척들이 ‘기억력이 좋으니 마을 몇 집 양을 도맡아서 방목하는 게 어떻겠나?’라고 했어요. 양 한 마리, 한 마리 색깔과 생김새를 잘 기억하면 입에 풀칠은 할 수 있을 거라고요. 다른 수가 없어서 산에 가서 양을 방목하기 시작했어요. 처음 일을 시작했을 때는 양이 136마리였는데, 두 번째 해에는 16마리가 늘어났고, 세 번째 해에는 47마리가 늘어났어요. 네 번째 해에는 11마리밖에 안 늘었지만요. 그해에 폭설이 심해서 새끼 양이 많이 죽었거든요. 에이, 어쨌든 매년 꾸준히 늘고 있지 단 한 번도 줄어들지 않았어요. 지금은 총 375마리가 있는데, 그중에 209마리는 흰 양이고 71마리는 검은 양이고 95마리는 얼룩 양이에요. 134마리는 뿔이 있고 241마리는 뿔이 없어요.”

타를로는 평소 머리를 땋고 다닌다. 그의 뒤통수에서 항상 이리저리 요동치는 짧게 땋은 머리는 사람들의 시선을 잡아끈다. 시간이 꽤 흐르자 사람들은 그에게 '꽁지머리'라는 별명을 붙여 부르기 시작하더니 심지어 진짜 이름이 뭔지도 완전히 잊어버렸다.

연초에 향촌 파출소 사람들이 마을을 찾았다. 신분증을 만들려면 등록을 해야 한다며 마을 사람들을 소집했다. 소장이 한참 동안 '타를로'를 불렀지만 아무도 대답하지 않았다. 소장이 물었다.

"마을에 '타를로'라는 사람이 없습니까?"

촌장은 잠시 생각하더니 말했다.

"아마도 없는 거 같네요."

소장은 엄숙하게 말했다.

"'아마도'라니요? 있는지 없는지 확실하게 대답하세요."

한참을 생각해봤지만 그래도 떠오르는 사람이 없었다. 촌장이 말했다.

"마을에 백 명이나 사는데, 이름을 어떻게 일일이 다 기억하겠습니까?"

소장이 촌장을 보며 물었다.

"대체 어떻게 촌장이 된 겁니까?"

촌장은 조금 화가 났다.

"촌장이 마을 사람 이름이나 외우는 사람입니까? 촌장의 임무는 마을 사람들이 가난에서 벗어나 부자가 될 수 있도록 잘 인도하는 겁니다. 게다가 마을 여자들은 벌금이 무섭지도 않은지 매일 돌아가며 애를 하나씩 낳는단 말이에요. 어제오늘만 해도 무려 대여섯 명이나 태어났어요. 그런데 나더러 어떻게 그 많은 사람 이름을 전부 기억하라고 하십니까? 아직 이름도 못 받은 사람도 있는 마당에 원."

소장은 웃으며 말했다.

"촌장이 됐으면 당연히 마을 사람들 이름쯤은 전부 외워야죠."

촌장이 눈을 흘기며 물었다.

"그럼 소장님은 파출소에 등록된 사람들 이름을 전부 기억하십니까?"

"그거랑 이거는 다르죠. 당신은 한 마을의 장이잖아요."

"소장님은 파출소의 장이잖아요."

소장은 웃었다.

"촌장님도 이 이름을 모른다고 했으니 그냥 삭제하겠습니다. 나중에 시내 여관에 못 들어간다고 해도 날 원망하지 마세요."

촌장도 웃었다. 손을 흔들어 회계를 부르더니 물었다.

"우리 마을에 '타를로'라는 사람이 있던가?"

중년인 회계는 한참을 생각해도 떠오르지 않았다.

회계는 촌장과 소장이 자신의 대답을 기다리는 것을 보고는 얼른 농촌 합작조 1조 조장을 불러 물었다.

"우리 마을에 '타를로'라는 사람이 있나?"

한참 생각하던 조장이 갑자기 웃으며 말했다.

"있지, 왜 없어요? 꽁지머리잖아요!"

촌장과 회계는 웃으며 말했다.

"그러네. 꽁지머리였어. 타를로가 꽁지머리고, 꽁지머리가 타를로였지. 같은 사람인데 하마터면 깜빡할 뻔했네."

소장은 의심이 눈초리로 그들을 쳐다봤다.

촌장이 재빨리 해명했다.

"'꽁지머리'는 타를로의 별명입니다. 다들 별명이 너무 익숙하다 보니 진짜 이름이 뭔지 깜빡하고 말았어요."

소장이 물었다.

"그 사람은 지금 어디에 있습니까?"

"아, 그러니까요. 그 사람은 돌봐줄 사람 하나 없는 고아입니다. 오래전부터 마을 몇 가구의 양을 혼자 도맡아서 산에서 방목합니다. 누가 별명을 지어줬는지 모르지만 열 몇 살부터 다들 꽁지머리라 불렀어요."

"신분증을 만들려면 반드시 본인이 와서 사진을 찍어야 해요. 어떻게든 그 사람을 불러오세요."

"오늘 찍어야 하나요?"

"오늘은 힘들겠네요. 반드시 향촌에서 지정한 곳에서 찍어야 하거든요."

"그럼 며칠 내로 향촌으로 가라고 하겠습니다."

대략 열흘이 지나서야 타르로는 향촌 파출소에 나타났다.

머리를 땋아 붉은색 실로 묶은 타르로를 보고 소장이 물었다.

"자네가 꽁지머리인가?"

조금 놀란 타르로가 소장의 얼굴을 보며 되물었다.

"어떻게 아셨어요?"

소장은 웃었다.

"우리 같은 경찰은 다른 사람보다 조금 더 많은 걸 알고 있네."

타르로는 감탄하며 말했다.

"어쩐지, 그래서 몇몇 나쁜 사람이 당신들한테 잡히는 거군요."

소장은 '허허' 웃으며 말했다.

"다른 몇몇은 우리가 못 잡는다는 말인가?"

"못 잡았죠. 제가 재작년에 암양 세 마리 하고 새끼 양 아홉 마리를 도둑맞았는데 경찰이 범인을 못 잡았어요."

"신고는 했나?"

"물론이죠. 촌장님께 신고해달라고 부탁했어요."

"촌장이 바빠서 깜빡했을 수도 있지."

"그럴 수도 있죠. 하지만 신고했다고 맹세하신걸요."

"양 몇 마리 도둑맞은 일은 허다하네."

"하지만 작년에 양 열두 마리를 도둑맞았을 땐, 한 달이나 지났는데도 범인을 잡았어요. 어쨌든 경찰들은 대단해요."

소장은 '허허' 웃으며 말했다.

"도둑맞은 마릿수가 많으면 우리도 관리하네."

타를로는 존경의 눈빛으로 말을 덧붙였다.

"한 달 전에 도둑맞은 것을 잡아내다니 정말 대단해요."

소장은 여전히 '허허' 거리며 웃고 있었다. 감탄을 연발하는 타를로의 모습을 보고 소장은 겸손한 척 말했다.

"당연한 일 아닌가? 인민을 위해 봉사하는 거지."

타를로도 웃으며 말했다.

"그 말, 저도 알아요. 마오 주석께서 한 말이잖아요. 어릴 적 학교 다닐 때 배웠어요."

소장은 자신도 모르게 타를로를 훑어보며 물었다.

"학교도 다녔나?"

타를로는 아주 진지한 얼굴로 대답했다.

"네, 당연히 다녔죠. 소학교를 다녔는데 성적도 꽤 괜찮았어요. 〈인민을 위해 봉사하다〉도 다 외웠는걸요."

"그래? 그럼 지금도 기억하는가?"

"물론이죠. 암기했던 건 절대 잊어버리지 않아요. 전부 다 기억해요."

"그럼 한번 말해보게."

잠시 생각하던 타를로는 거침없이 읊기 시작했다.

"인민을 위해 봉사한다. 1944년 9월 8일, 마오쩌둥. 우리 공산당과 공산당이 이끄는 팔로군, 신사군은 혁명 대오입니다. 우리 혁명 대오는 오로지 인민의 해방을 위해, 철저히 인민의 이익을 위해 일해야 합니다. 장쓰더 동지는 우리 혁명 대오 중 한 명이었습니다.

사람은 언젠가 죽기 마련입니다. 그러나 죽음의 의미는 모든 이에게 같지 않습니다. 중국 고대 문학가인 사마천은 '인간은 언젠가 죽는다. 죽음은 태산보다 무거울 수도 있고 깃털보다 가벼울 수도 있다'고 말했습니다. 인민의 이익을 위해 봉사하다 맞는 죽음은 태산보다 훨씬 무겁고, 파시스트를 위해 일하거나 인민을 착취하거나 핍박하다 맞는 죽음은 깃털보다 훨씬 가볍습니다. 장쓰더 동지는 인민의 이익을 위해 봉사하다 숨졌으므로 그의 죽음은 태산보다 무거울 수밖에 없습니다.

우리는 인민을 위해 봉사합니다. 그렇기에 만약 우리에게 결점이 있다면 누군가 이를 지적하는 것을 두려워해선 안 됩니다.

어느 누구라도 나에게 지적하는 것은 가능한 일입니다. 지적이 정확하다면 우리는 그것을 고치면 됩니다. 누군가 제의한 방법이 인민에게 이롭다면 우리는 즉시 그 방법을 사용할 것입니다. '정병간정*'이라는 의견은 바로 당 외 인사인 리딩밍 선생이 제안한 것입니다. 제안은 매우 유익했고 인민에게 이로운 것이기 때문에 우리는 이를 받아들였습니다. 우리가 인민의 이익을 위해 좋은 것을 고수하고, 인민의 이익을 위해 과오를 바로잡을 때, 우리의 군대는 반드시 흥할 것입니다.

우리는 고향은 모두 다르지만 공통적인 하나의 혁명 목표를 위해 함께 걸어왔습니다. 우리는 전국의 많은 인민들과 한 길을 걸어야 합니다. 우리는 오늘날 구천백만 명의 인구 근거지를 이끌고 있지만, 이것으로는 부족합니다. 더 많은 인구 근거지를 확보해야 전 민족의 해방을 이끌어낼 수 있습니다. 우리 동지가 어려움에 처해 있을 때, 업적을 보고, 광명을 보고, 우리의 용기를 드높여야 합니다. 현재 중국 인민들은 크나큰 어려움을 겪고 있습니다. 우리는 그들을 해방시켜야 할 책임을 가지고 있습니다. 그러므로 우리는 끊임없이 분투해야 합니다. 분투에는 희생이 따르며 항상 전사자가 발생할 수 있습니다. 하지만 인민의 이익을 헤아리고, 많은 인민의 고통을 생각하며, 인민을 위해 맞이하는 우리의 죽음은 아주 가치 있는 죽음일

---

* 사병을 줄이고 정부를 간소화하다.

것입니다. 하지만 불필요한 희생을 만들지 않도록 반드시 최선을 다해야 합니다. 간부들은 전사 한 명, 한 명에게 관심을 가져야 하고, 모든 혁명 대오 안의 동지들은 서로 관심을 가지며 아끼고 도와야 합니다.

앞으로 우리 대오 안에서 요리사든 전사든 누구라도 상관없이 그가 조금이라도 유익한 일을 하고 세상을 떠났다면, 우리는 장례를 치르고 추도회를 열 것입니다. 이것은 앞으로 제도가 될 것입니다. 또한, 이런 방법을 모든 인민에게 확대할 것입니다. 마을에서 어느 한 사람이 세상을 떠나도 추도회를 여는 것입니다. 이런 방법으로 우리의 애도의 뜻을 알린다면 전체 인민들의 단결을 이끌 수 있을 것입니다."

타를로는 막힘없이 글을 암송했다. 이 모습을 본 소장은 입이 떡 벌어진 채로 가만히 그를 바라보고 있었다.

타를로가 말했다.

"맞죠? 안 틀렸죠?"

소장의 얼굴 표정이 그제야 원래대로 돌아왔다.

"자네가 천재일 줄은 정말 몰랐군!"

타를로는 되레 별거 아니라는 듯 말했다.

"기억력 하나는 다른 사람보다 조금 나아요."

"이건 언제 외운 건가?"

"열네 살 때요. 소학교를 다닐 때 외웠죠. 당시 학교 교재가 주로 마오쩌둥 어록이었는데, 그것도 대부분 기억하고 있어요."

"정말 놀라운 기억력이군. 지금 몇 살이지?"

"스물아홉이요."

소장은 '와와' 하며 감탄을 금치 못했다.

"내가 자네만큼 기억력이 좋았다면 진작 대학을 갔을 텐데."

타를로가 말했다.

"저는 소학교만 다니고 더는 안 다녔어요. 부모님이 일찍 돌아가시고 친척들도 저를 도와줄 형편이 아니었거든요. 친척들이 '기억력이 좋으니 마을 몇 집 양을 도맡아서 방목하는 게 어떻겠냐'고 했어요. 양 한 마리, 한 마리 색깔과 생김새를 잘 기억하면 입에 풀칠은 할 수 있을 거라고요. 다른 수가 없어서 산에 가서 양을 방목하기 시작했어요. 처음 일을 시작했을 때는 양이 136마리였는데, 두 번째 해에는 16마리가 늘어났고, 세 번째 해에는 47마리가 늘어났어요. 네 번째 해에는 11마리밖에 안 늘었지만요. 그해에 폭설이 심해서 새끼 양이 많이 죽었거든요. 에이, 어쨌든 매년 늘면 늘었지 단 한 번도 줄어들지 않았어요.

지금은 총 375마리가 있는데, 그중에 209마리는 흰 양이고 71마리는 검은 양이고 95마리는 얼룩 양이에요. 134마리는 뿔이 있고 241마리는 뿔이 없어요."

소장은 또 입이 딱 벌어진 채 그를 보았다. 잠시 후에야 소장이 말했다.

"아까워, 아깝단 말이야. 자네 정말 아깝네."

타를로는 또 입을 열었다.

"제가 다른 사람들의 양을 방목하는 것도 인민을 위해 봉사하는 거랑 비슷한 일인 거 같아요. 물론 매년 대가로 양 열 몇 마리랑 돈도 조금 받지만요."

소장인 재빨리 고개를 끄덕이며 말했다.

"맞아. 그렇지. 물론 그래야지."

"저는 마오 주석이 한 말 중에 '인간은 언젠가 죽는다. 죽음은 태산보다 무거울 수도 있고 깃털보다 가벼울 수도 있다'라는 말이 제일 좋아요."

소장의 표정이 또 원래대로 돌아왔다.

"기억력이 대단하긴 한데 공부는 제대로 안 했나 보군. 이 말은 마오 주석께서 한 말이 아니라, 위대한 문학가이신 사마천이 한 말이야."

"그래요? 마오 주석하고 사마천은 어떤 관계예요?"

소장은 웃었다.

"아무 관계도 아니야. 사마천은 고대 사람이고, 마오 주석은 현대 사람이지. 둘은 아무 관계도 없어."

타를로는 조금 이해할 수 없다는 듯 물었다.

"그럼 이건요? '인민의 이익을 위해 봉사하다 맞는 죽음은 태산보다 훨씬 무겁고, 파시스트를 위해 일하거나 인민을 착취하거나 핍박하다 맞는 죽음은 깃털보다도 훨씬 가볍습니다.' 이 말은 마오 주석이 한 게 맞죠?"

"마오 주석이 한 말이 맞아. 확실하네."

"근데 두 개가 왜 이렇게 비슷해요?"

"의미하는 바가 똑같거든."

"그럼 저도 마을 사람들을 위해서 양을 방목하는 거니까, 만약 제가 죽으면 장쓰더 선생의 죽음처럼 태산보다 훨씬 무거울까요?"

"그렇지. 자네가 죽으면 장쓰더 선생의 죽음처럼 태산보다 훨씬 무거울 거야. 하지만 죽음을 말하기엔 자네 아직 젊지 않나? 그래도 자네가 장쓰더 선생처럼 좋은 사람인 건 알아보겠네."

"제가 장쓰더 선생처럼 좋은 사람인 걸 어떻게 알아요?"

"누가 좋은 사람이고 누가 나쁜 사람인지 우리는 딱 보면 구별해낼 수 있어. 우리 같은 경찰들은 그런 능력이 있거든."

"진짜예요? 누가 좋은 사람이고 누가 나쁜 사람인지 어떻게 구별해요?"

소장은 신비하게 웃으며 말했다.

"그게 우리 밥줄인데 다 말해줄 순 없지."

타를로는 다소 실망한 것 같았지만, 그래도 얼굴에는 존경심이 가득했다.

소장은 또다시 감탄하며 말했다.

"자네 기억력이 정말 대단하군!"

타를로는 그때서야 뭔가 생각해낸 모양이었다.

"촌장님이 사진 찍으라고 보내셔서 왔어요."

소장은 곁눈으로 그를 흘겨보았다.

"왜 이제야 왔나? 사진사는 진작에 가버렸다네."

"촌장님이 저 대신 양을 방목할 사람을 어제야 보내주셨어요. 오늘 서둘러 뛰어왔어요."

"이젠 현으로 가서 찍을 수밖에 없어."

"안 찍으면 안 되나요?"

"신분증 만들어야 하는데 그럼 안 되지."

"신분증이 뭐예요?"

"신분증이 있으면 자네가 시내에 갔을 때 다른 사람이 자네가 누구인지, 어디에 사는지 알 수 있어."

"내가 누구인지 내가 알고 있는데 굳이 신분증이 필요해요?"

이때 소장은 뭔가 생각난 것 같았다.

"자네 이름이 뭐라고 했지?"

"꽁지머리요."

"그거 말고 진짜 이름."

타를로는 잠시 생각하더니 그제야 말했다.

"타를로요."

"타를로라, 아, 그래, 자네 오늘 현에 있는 더지 사진관으로 가게. 거기 여사장 이름이 더지德吉야. 가서 파출소에서 보냈다고, 사진 찍으러 왔다고 하면 알아서 해줄 거네."

타를로가 웃더니 말했다.

"진짜 이름인데도 제 이름 같지 않네요. 제가 들어도 낯설어요."

촌장은 손목에 찬 전자시계를 보더니 말했다.

"계속 그렇게 떠들지만 말고 얼른 가보게. 서두르면 현으로 가는 버스를 탈 수 있을 게야."

타를로는 버스를 타고 현에 도착했다.

버스에서 내리고 나서 타를로는 속으로 조금 당황했다. 길에서 이리저리 바쁘게 왔다 갔다 하는 사람들을 보고 있자니, 어디로 가야 할지 갈피를 잡을 수 없었다.

타를로는 홍링진을 맨 소학교 학생을 보고는 다가가 얼른 물었다.

"꼬마야, 더지 사진관이 어디 있는지 아니?"

소학생은 그의 얼굴을 쳐다보고 다시 짧게 땋은 머리를 보더니 세차게 고개를 저었다.

"꼬마야, 겁먹지 않아도 돼. 난 꽁지머리라고 하는데, 더지 사진관에 사진을 찍으러 가는 중이란다."

소학생이 웃었다.

"땋은 머리를 보여주면 가르쳐줄게요."

타를로는 기꺼이 바닥에 꿇어앉아 머리를 보여주었다.

소학생은 아주 재미있는지 머리를 보면서 말했다.

"우리 선생님이 청나라 시대 남자나 머리를 땋는다고 했는데, 아저씨는 왜 이렇게 했어요?"

타를로는 소학생을 노려보며 말했다.

"날 청나라에서 온 사람으로 만들지 말아주렴."

"우리 선생님께 꼭 물어봐야겠어요."

타를로가 일어서면서 말했다.

"이제 더지 사진관이 어디 있는지 알려주렴."

소학생이 이번엔 느릿느릿 말했다.

"어디 있는지, 잘 생각이 안 나네요."

마음이 조급해진 타를로는 얼른 10위안짜리 지폐를 꺼냈다.

"가르쳐주면 이 돈 줄게."

잠시 후 소학생은 타를로를 더지 사진관 입구까지 데려다주었다. 그리곤 타를로가 준 10위안을 받아 들고는 쏜살같이 앞에 있는 작은 가게로 들어갔다.

사진관 문을 열고 들어가자 어떤 여자가 남자 손님의 사진을 찍어주고 있었고 옆에는 손님 몇 명이 앉아 있었다. 사진을 찍으려는 손님 얼굴에 거짓 미소가 나타나자 '찰칵' 하는 소리가 울렸다. 사진을 찍은 손님이 자리에서 일어나 한쪽으로 빠지자, 다른 남자가 그 의자로 다가가 허리를 꼿꼿하게 펴고 앉았다.

타를로가 들어갔지만 여자는 인사도 없이 계속 바쁘게 움직였다.

타를로는 문 옆에 서서 물었다.

"여기가 더지 사진관인가요?"

여자가 고개를 돌리더니 말했다.

"맞아요. 무슨 일로 오셨어요?"

"더지 씨를 찾아왔어요."

여자는 하던 일을 멈추더니 의심의 눈초리로 타를로를 쳐다봤다.

"제가 더지인데요."

타를로의 얼굴에 살짝 미소가 비쳤다.

"파출소에서 보내서 사진 찍으러 왔어요."

"상반신 사진 찍으실 건가요?"

"잘 모르겠어요. 무슨 증 만드는 데 쓴다던데요."

더지는 웃었다.

"아! 진작 말씀하시지 그러셨어요. 신분증 만드는 데 쓰는 거니까 상반신 사진 맞아요. 영문 모를 말을 계속 하셔서 다른 일인 줄 알았어요. 일단 앉아서 좀 기다리세요. 여기 있는 사람들 전부 상반신 사진 찍으러 온 사람이에요."

사진관에 있던 사람들도 타를로를 보며 웃었다. 타를로는 그들 옆에 가서 앉았다.

기다리던 손님들이 모두 사진을 찍고 돌아간 후에 더지는 타를로에게 손짓했다.

"사진 찍게 오세요."

타를로는 흰색 천이 있는 곳으로 다가가 앞에 놓인 의자에 앉았다.

더지가 사진기를 들고 다가오더니 타를로의 짧게 땋은 머리를 보며 뭔가 대단한 발견이라도 한 듯 말했다.

"왜 머리를 길렀어요?"

"그냥 어렸을 때부터 길렀어요."

"이 상태로 사진 찍으면 안 될 것 같은데요."

"왜 안 돼요?"

"파출소에서 당신이 남자인지 여자인지 구별하지 못할 거예요."

타를로는 아주 진지하게 말했다.

"파출소에서 오는 길인데 그런 말은 없었어요."

더지는 웃으며 말했다.

"그래요. 저는 그냥 사진만 찍으면 되죠."

타를로는 아까 다른 사람들이 했던 것처럼 허리를 꼿꼿이 세우고는 웃을 준비를 하고 있었다.

더지가 사진기를 들고는 셔터를 몇 번 눌러보더니 타를로에게 다가가 헝클어진 머리를 매만져주었다.

"사진 찍기 전에 먼저 머리 좀 감는 건 어때요? 지금 너무 부스스한데, 이 상태로 찍으면 사진이 예쁘게 안 나와요."

"부스스하면 부스스한 대로 찍으면 되죠. 별로 상관없어요."

더지가 진지하게 말했다.

"신분증 만들면 평생 써야 할 텐데, 이왕이면 사진이 잘 나오면 좋지 않을까요?"

타를로는 말없이 더지의 얼굴을 쳐다봤다.

더지는 창문 밖 길 건너편에 있는 미용실을 가리키며 말했다.

"얼른 저기 가서 머리 감고 오세요. 제 친한 친구 가게예요."

타를로는 어쩔 수 없이 몸을 일으켜 사진관을 나섰다.

타를로가 미용실로 들어가자 짧은 머리를 한 여자가 그를 맞이했다.

타를로는 조금 신기하게 그녀의 얼굴을 보며 말했다.

"당신이 맞은편 사진관 더지 씨의 친한 친구인가요? 머리 감으러 왔어요."

짧은 머리 여자는 타를로를 자세히 보더니 얼른 자리로 안내했다. 그리곤 타를로 뒤에 서서는 거울 속 그를 보며 물었다.

"물 샴푸는 5위안이고 드라이 샴푸는 10위안이에요. 어느 걸로 하실래요?"

타를로도 거울로 여자의 얼굴을 보며 되물었다.

"드라이 샴푸가 뭐예요?"

짧은 머리 여자는 웃으며 말했다.

"물을 안 묻히고 감는 거예요."

"물을 안 묻히면 어떻게 감아요?"

"어유, 어쨌든 엄청 시원해요. 한번 해보면 아실 거예요."

"그럼 드라이 샴푸로 해주세요."

짧은 머리 여자는 타를로의 정수리에 샴푸를 짠 후, 손으로 가볍게 머리카락에 비벼 문질렀다.

타를로는 앞에 있는 거울로 여자의 모습을 보고 있었다.

짧은 머리 여자도 거울로 타를로를 보며 물었다.

"시원하시죠?"

"확실히 시원하네요."

짧은 머리 여자는 딱히 할 말이 없는지 아무 말이나 하기 시작했다.

"머리 안 감으신 지 한참 되셨나 봐요?"

"양 치는 사람이라 머리 감을 만큼 물이 많지 않아요."

짧은 머리 여자는 일부러 깜짝 놀란 척하며 말했다.

"어머, 그래요? 그럼 양은 몇 마리나 있어요?"

타를로는 망설이지 않고 바로 말했다.

"양은 전부 375마리가 있는데 그중 133마리는 숫양이고요, 168마리는 암양, 74마리는 어느 정도 자란 양이에요. 암양 168마리 중에 새끼를 낳을 수 있는 양은 124마리고, 더는 새끼를 낳지 못하는 암양은 44마리예요."

짧은 머리 여자는 행동을 멈추더니 조금 놀란 표정으로 거울 속 타를로를 보았다.

"기억력이 엄청 좋으시네요."

타를로는 별거 아니라는 듯 말했다.

"양을 하나하나 기억해야 방목할 수 있거든요."

짧은 머리 여자는 다시 머리를 주무르며 거울 속 타를로를 보며 물었다.

"그 많은 양은 전부 얼마예요?"

"오늘 여기 오기 전에 숫양 두 마리를 팔고 왔는데 600위안 받았어요. 지금 양 한 마리가 대략 200위안이고 새끼를 낳을 수 있는 암양은 가격이 조금 더 비싸니까 한 250위안 정도 하겠네요. 새끼 양은 한 마리에 백 위안 정도니까 대충 이렇게 계산해 보면 팔구만 위안 정도 될 거 같네요."

짧은 머리 여자는 깜짝 놀라 입이 벌어졌다.

"그렇게 비싸요?"

"그렇다고 양 375마리가 전부 제 것은 아니에요. 제 건 100마리쯤 되죠."

"그것도 많네요."

말을 끝내고 머리를 씻자며 타를로를 수도꼭지 아래에 앉게 했다.

짧은 머리 여자가 머리에 물을 뿌리고 머리를 감겨주자 타를로가 물었다.

"이거 드라이 샴푸 아니에요? 왜 물을 써요?"

짧은 머리 여자는 웃었다.

"드라이 샴푸 맞아요. 그래도 마지막엔 물로 샴푸를 씻어내야 해요."

타를로는 아무 말도 하지 않았다.

샴푸를 씻어내고 타를로가 다시 거울 앞 의자에 앉자 짧은 머리 여자는 헤어드라이어를 켜고 타를로의 머리를 말리기 시작했다.

타를로는 또 거울로 짧은 머리 여자의 얼굴을 뚫어지게 쳐다보았다.

짧은 머리 여자는 머리를 말리면서 웃으며 물었다.

"왜 계속 제 얼굴을 보세요? 제가 그렇게 예뻐요?"

타를로도 시선을 피하지 않았다.

"아까 막 들어왔을 때는 남자인 줄 알았어요. 귀걸이를 못 봤으면 계속 남자라고 생각했을 거예요."

짧은 머리 여자는 웃기 시작했다.

"지금 시내에선 짧은 머리가 유행이거든요. 이거 엄청 세련된 스타일인데."

"그렇다고 장족 여자가 어떻게 그렇게 짧게 자를 수 있죠?"

짧은 머리 여자는 여전히 웃으며 말했다.

"당신처럼 긴 머리 남자랑 데이트하려고 짧게 자른 거예요."

순간 타를로는 말문이 막혔다. 짧은 머리 여자 얼굴에 고정되어 있던 그의 시선이 다른 곳으로 옮겨갔다.

짧은 머리 여자는 타를로의 머리를 다 말린 후, 타를로 어깨 위에 손을 올려놓고는 거울로 타를로의 얼굴을 자세히 살펴보았다. 그리곤 마음에도 없는 소리를 했다.

"머리 정리하고 보니까 엄청 잘생기셨네요."

타를로는 조금 민망한 생각에 얼른 주머니에서 50위안짜리 지폐를 꺼내 짧은 머리 여자에게 건넸다.

"여기 돈이요."

짧은 머리 여자가 돈을 받아들고 말했다.

"잔돈 없으세요? 거슬러드릴 돈이 없는데."

"없으면 됐어요. 안 주셔도 돼요."

짧은 머리 여자가 뭐라고 할 새도 없이 타를로는 미용실을 뛰쳐나왔다.

사진관 입구에 도착한 타를로가 안을 살펴봤다. 손님이 몇 명 있는 것이 보이자 들어가지 않고 밖에 서서 담배 하나를 꺼내 물었다.

담배를 피우는 타를로의 시선이 맞은편 미용실로 향했다. 짧은 머리 여자도 유리창 너머로 이쪽을 보고 있었다. 그는 담배를 피우면서 미용실 창문 안의 짧은 머리 여자를 쳐다봤다. 짧은 머리 여자도 이쪽을 보면서 웃고 있었다.

이때 길에서 대학생처럼 보이는 청년 몇 명이 걸어오더니 그 중 한 명이 타를로에게 다가가 말을 걸었다.

"저희는 내륙지역에서 여행 온 대학생인데요. 선생님이 좀 특별해 보여서요. 혹시 예술가세요?"

타를로는 담배를 피우면서 고약한 눈빛으로 그들을 쳐다봤다. 얼굴 가득 '학생들이 무슨 말을 하는지 도통 알지 못하겠다'는 표정이었지만, 그게 학생들의 눈에는 아주 엄숙한 표정으로 비친 모양이었다.

다른 학생이 말했다.

"얘들아, 저 깊은 눈빛 좀 봐. 아주 대단한 예술가가 틀림없어."

타를로는 그들의 말에 대꾸하지 않고 담배를 다 핀 후, 담배꽁초를 바닥에 던져 세게 비벼 밟고는 그제야 입을 열었다.

"사실 나는 양치기야."

또 다른 학생이 말했다.

"방금 하는 말 들었어? 말하는 것도 너무 심오하지 않아? 예술가가 분명해."

이때 사진관에서 사람들이 나오는 것이 보이자 타를로는 안으로 들어갔다.

더지가 그를 보더니 말했다.

"머리 정리하니까 딴사람이 됐네요. 이렇게 잘생기셨는지 몰랐어요."

타를로는 칭찬을 듣는 게 어색했는지 재빨리 흰 천 앞에 있는 의자에 가서 앉았다.

더지는 손으로 사진기를 세팅하고는 다가와서 말했다.

"빠른 거랑 느린 거 있는데 뭐로 하시겠어요?"

타를로는 잘 이해가 되지 않았다.

"뭐가 빠른 거고 뭐가 느린 거죠?"

"빠른 건 오늘 사진을 찾을 수 있고 느린 거는 내일 찾으러 오시면 돼요."

"그럼 빠른 거로 할게요."

"빠른 거는 20위안이고 느린 건 10위안이에요."

"네, 그럼 빠른 거로 할게요."

더지는 그를 향해 카메라를 들더니 곧 셔터를 눌렀다.

더지는 책상 앞으로 걸어가더니, 여전히 의자에 가만히 앉아 있는 타를로에게 말했다.

"이제 다 됐습니다. 20위안이에요."

타를로는 얼른 그녀에게 다가갔다. 50위안짜리 지폐 한 장을 꺼내 건네며 말했다.

"잔돈 있으세요?"

더지는 타를로가 내민 돈을 쳐다보고는 짧게 "네"라고 대답하고 서랍을 열어 잔돈을 찾기 시작했다. 그녀는 잔돈을 찾으면서 타를로에게 물었다.

"아까 밖에서 학생들이랑 얘기하는 거 같던데, 무슨 얘기 했어요?"

"나더러 예술가가 아니냐고 묻더라고요."

더지는 그를 자세히 살펴보더니 웃으며 말했다.

"그랬어요?"

"네, 그렇게 물어보더라고요."

더지는 웃으며 말했다.

"그래서 뭐라고 했어요?"

"양치기라고 했죠."

더지는 아예 소리 내서 웃기 시작했다.

타를로가 말했다.

"예술가가 어떤 거죠?"

더지는 웃으며 말했다.

"예술가 중에 당신처럼 꽁지머리를 하거나 아니면 머리를 길게 기른 사람이 많거든요."

타를로는 여전히 잘 이해가 안 된다는 표정으로 더지의 얼굴을 쳐다봤다. 더지는 거스름돈을 다 찾았는지 돈을 잘 정돈해 타를로에게 건넸다.

"30분 후에 사진 찾으러 오세요."

사진관 밖으로 나온 타를로는 다시 도로 한쪽 편에 서서 담배를 꺼내 물었다. 짧은 머리 여자가 미용실에서 걸어 나와 타를로 옆에 섰다.

"담배 펴요?"

"네, 담배 펴요."

"아까 미용실 창문으로 당신을 봤어요. 정말 잘생겼네요."

당황한 타를로는 담배를 한 대 다 태우고 곧바로 담배 하나를 또 입에 물었다.

짧은 머리 여자가 말했다.

"저녁에 같이 술집 가서 놀아요."

"술집 가본 적 없어요."

"재미있을 거예요. 당신 잘생겨서 분명 여자들한테 인기 많을 거예요."

타를로는 또 당황해서 안절부절못했다.

30분이 지나자 드디어 사진을 찾을 수 있었다.

자신의 상반신이 찍힌 사진을 받아 꺼내 보더니 대뜸 이렇게 말했다.

"어떻게 이렇게 못생기게 나왔지?"

저녁에 타를로는 소음이 가득한 술집에서 맥주를 많이 마셨다. 아침에 눈을 떠보니 짧은 머리 여자가 옆에 누워 자고 있었다.

타를로는 조금 긴장이 됐는지 몸을 일으켜 앉았다. 이때 잠에서 깬 짧은 머리 여자가 그를 보며 웃었다.

타를로는 그녀의 얼굴을 쳐다보지도 못했다. 오히려 짧은 머리 여자가 먼저 입을 열었다.

"내가 좋아요?"

속으로 잔뜩 긴장한 타를로는 가만히 앉아서 전혀 움직이지 않았다.

"어젯밤에는 좋아한다고 했잖아요."

짧은 머리 여자는 타를로의 꽁지머리를 만지작거렸다.

"당신 꽁지머리가 마음에 들어요."

타를로는 여전히 잔뜩 긴장한 모습이었다.

짧은 머리 여자는 타를로의 어깨에 머리를 기대며 말했다.

"날 데리고 어딘가로 떠나줘요. 여기 있고 싶지 않아요."

타를로는 이제야 무슨 할 말을 찾은 것 같았다.

"난 어디에도 가보지 않았어요."

"그럼 내가 당신을 데리고 가줄게요. 라싸拉萨, 베이징, 상하이, 광저우, 홍콩, 어디든지 다 같이 갈 수 있어요."

"지금껏 한 번도 그런 곳에 갈 생각을 하지 않았어요."

"선택할 수 있다면 어디에 가고 싶어요?"

"당연히 라싸죠."

"그럼 우리 라싸에 가요."

"그곳에 가려면 돈이 많이 필요하다던데 나한테는 그만한 돈이 없어요."

"양을 팔면 돈이 생기잖아요."

"전부 내 게 아니에요. 다른 사람 양도 있어요."

점심 무렵 타를로는 향촌 파출소에 도착했다. 소장이 그를 보더니 말했다.

"현에 가더니 인물이 훤해져서 돌아왔군."

"도시에 가서 나쁜 사람을 만난 것 같아요."

소장은 깜짝 놀랐다.

"나쁜 사람을 만났으면 얼른 신고해야지."

"진짜 나쁜 사람인지 아직 정확히 모르겠어요."

소장은 웃으며 말했다.

"이보게, 꽁지머리 양반. 나쁜 사람을 신고하려면 반드시 증거가 있어야 해. 증거도 없이 신고하면 나중에 법적 책임을 물어야 한다고."

타를로는 마치 목에 뭔가 걸려 내려가지 않는 듯한 표정으로 말이 없었다.

"사진은 가져왔나?"

타를로는 얼른 사진을 꺼내 소장에게 건넸다. 그리고 말했다.

"이상하게 나왔어요."

"상반신 사진이 원래 다 이렇다네."

타를로는 더 이상 말이 없었다.

소장은 사진을 받아 들고 등록을 했다.

"됐네. 이제 한 달 뒤에 신분증 찾으러 오게."

타를로가 돌아가려고 몸을 일으키자 소장이 또 그를 불러 세웠다.

"개인적으로 묻고 싶은 게 있는데, 머리는 왜 기른 건가?"

타를로가 다시 허리를 꼿꼿이 세워 앉더니 말했다.

"그게…."

소장은 흥미진진하게 물었다.

"그게 뭐?"

"사실 특별한 이유는 없어요."

소장은 조금 실망한 눈치였다.

"말하기 싫으면 말게. 말 안 하는 건 자네 권리니까."

타를로는 소장의 모습을 살피며 덧붙였다.

"특별한 이유는 아니고, 어떤 영화를 봤기 때문이에요."

소장은 또다시 흥미가 생겼다.

"그래서?"

"소학교를 졸업하고 산으로 양을 방목하러 가기 전에 돈을 좀 빌려서 시내 구경을 갔었어요."

"그리고?"

"그리고 거기에서 영화 한 편을 봤죠."

"영화랑 꽁지머리랑 무슨 관계야?"

"그러니까 영화를 본 다음부터 머리를 기르기 시작했어요."

"어째서?"

"영화에 꽁지머리를 한 남자가 나왔는데 여자들한테 인기가 많았거든요."

소장은 큰 소리로 웃기 시작했다.

"그래서 자네도 머리를 기른 거야? 꽁지머리 하려고? 그랬더니 여자들이 자네를 좋아하던가?"

"마을 여자들은 전부 저를 싫어해요. 저더러 가난뱅이라고 했어요."

소장은 웃음을 멈추더니 물었다.

"그 영화 제목이 뭔가?"

"저도 모르겠어요. 그때 듣기로는 무슨 외국영화라고 했던 거 같아요. 나중에 영화 줄거리를 다른 사람들에게 들려주면서

혹시 이 영화 본 적 있냐고 물어봤는데, 다들 없다고 했어요."

소장은 조금 아쉬운 듯이 말했다.

"나도 꼭 그 영화를 봐야겠어."

한 달이 지난 어느 저녁 타를로는 다시 현을 찾았다. 가방을 등에 메고 곧장 미용실로 들어갔다.

짧은 머리 여자는 남자 손님의 머리를 자르고 있었다. 타를로가 옆에 앉아 벽에 걸린 거울로 짧은 머리 여자를 쳐다봤다. 짧은 머리 여자는 거울을 보며 웃을 뿐 아는 척하지 않았다.

남자 손님이 미용실을 빠져나간 후 짧은 머리 여자는 거울로 그를 보며 말했다.

"머리가 또 더러워졌군요. 감아야겠네요."

타를로는 방금 남자 손님이 앉았던 의자에 앉아서 거울로 짧은 머리 여자를 계속 쳐다봤다.

짧은 머리 여자가 그제야 물었다.

"무슨 일이에요? 얼굴이 왜 이렇게 창백해요?"

타를로는 메고 있던 가방을 옆에 있는 미용 도구함 위에 올려놓으며 말했다.

"여기에 구만 위안이 있어요."

짧은 머리 여자는 타를로의 어깨에 두 손을 올려놓더니 거울로 그의 창백한 얼굴을 보며 말했다.

"힘 빼요. 힘 빼요. 힘 빼면 좀 나을 거예요."

타르로는 말이 없었다. 여전히 안색이 창백했다.

짧은 머리 여자가 말했다.

"머리 감겨드릴게요."

그리고는 타르로의 머리에 샴푸를 바르고 천천히 머리카락에 비벼 문질렀다.

머리를 만지는 손길에 점차 긴장이 풀렸는지 타르로의 눈이 감겼다. 얼굴색도 정상으로 돌아왔다.

타르로가 다시 눈을 떴을 때, 짧은 머리 여자가 옆에 앉아 그를 바라보고 있었다.

짧은 머리 여자가 말했다.

"너무 긴장했나 봐요. 방금 잠들었어요."

타르로는 주변을 살폈다. 황망한 표정과 눈빛이 계속 꿈속에서 헤매고 있는 것 같았다.

"머리 감기고 다시 땋았어요."

타르로의 표정과 눈빛은 여전히 꿈속에서 헤어나지 못한 것 같았다.

짧은 머리 여자는 타르로에게 생수 한 병을 건넸다.

"물 좀 마셔요."

타르로는 뚜껑을 열어 몇 모금 마셨다.

짧은 머리 여자는 타르로의 눈을 뚫어지게 쳐다봤다.

"우리 둘을 위해서 지금 당신이 해줄 일이 하나 있어요."

타르로는 짧은 머리 여자의 얼굴을 쳐다보면서 다시 물 한 모금을 마셨다.

짧은 머리 여자가 말했다.

"할 수 있겠어요?"

타를로는 다시 물을 벌컥벌컥 들이켰다. '꼴깍꼴깍' 소리를 내며 물이 목구멍으로 넘어가자 목젖이 위아래로 심하게 요동쳤다.

짧은 머리 여자가 말했다.

"꽁지머리는 너무 사람들 눈에 띄어요. 잘라버리는 게 낫겠어요."

타를로는 더는 물을 마시지 않았다. 거울 속 자신의 모습을 바라봤다.

짧은 머리 여자는 거울로 타를로의 얼굴을 보며 말했다.

"그렇게 해줄래요?"

타를로는 여전히 자신의 얼굴을 뚫어지게 쳐다봤다.

"긴 머리가 좋다고 하면 앞으로 내가 머리를 기를게요. 길러서 양 갈래로 땋아서 당신한테만 보여줄게요."

타를로는 다시 거울 속 짧은 머리 여자의 얼굴을 보았다.

"그럼 자를게요. 하나도 남김없이 빡빡 밀게요. 이제 누구도 당신을 알아보지 못할 거예요."

타를로는 눈을 감았다. 짧은 머리 여자가 전기바리캉을 들고 몇 번 움직이더니 이윽고 한 올도 남김없이 전부 밀어버렸다. 꽁지머리가 타를로의 발 옆에 떨어졌다. 붉은 실로 끝을 동여맨 머리였다. 타를로가 허리를 굽혀 꽁지머리를 주워 들고는 주머니 속에 집어넣었다. 그날 저녁 짧은 머리 여자는 타를로를 데리고 전에 갔던 술집으로 향했다. 그곳에서 두 사람은 실컷 맥주를 마시고 마음껏 즐기다가 아주 늦은 시각에서야 짧은 머리 여자의 집으로 돌아갔다.

아침에 타를로가 눈을 떠보니 짧은 머리 여자가 보이지 않았다. 다시 주위를 살펴보았지만 여자도, 자신이 가지고 온 가방도 사라지고 없었다.

타를로는 꼬박 이틀 밤낮으로 이 작은 도시를 샅샅이 뒤졌지만 짧은 머리 여자의 행방은 찾을 수 없었다.

이틀 후 타를로는 향촌 파출소를 찾았다. 소장과 경찰 몇 명이 한창 바쁘게 일하고 있었다.

타를로가 말했다.

"소장님, 저 왔어요."

소장은 한참 동안 타를로의 얼굴을 쳐다보더니 갑자기 말했다.

"어라, 왜 이렇게 변했는가? 꽁지머리는?"

"잘라버렸어요."

"아깝군."

"소장님, 저 지금 나쁜 사람처럼 보여요?"

"그게 무슨 말인가?"

"소장님이 전에 말씀하셨잖아요. 딱 보면 누가 좋은 사람이고 누가 나쁜 사람인지 알 수 있다고요."

소장은 웃으며 말했다.

"꽁지머리를 하고 있었을 때는 조금 나쁜 사람 같았는데, 지금 모습은 이상하게도 나쁜 사람 같지 않고 진짜 좋은 사람처럼 보이는군."

"지금 죽으면 깃털보다 가벼울 것 같아서 무서워요."

소장은 계속 웃으며 말했다.

"지금 마오 주석 어록 읊으려는 건가? 자네 기억력이야 진작에 알고 있으니 또 하지 않아도 괜찮네."

"제가 더 이상 좋은 사람이 아니라는 게 정말 안타까워요. 장쓰더처럼 인민의 이익을 위해 봉사하다 숨진 죽음은 태산보다 무겁다고 했는데, 이제 그럴 수 없어요. 파시스트를 위해 일하거나 인민을 착취하거나 핍박하다가 죽음을 맞이한 나쁜 사람들의 죽음하고 똑같이 깃털보다도 훨씬 가벼워져버렸어요."

소장은 웃었다.

"이번엔 마오 어록을 아주 제대로 응용했군."

타를로가 계속 말을 이었다.

"정말 안타까워요."

소장은 웃으며 일하고 있는 경찰들에게 말했다.

"어이, 자네들, 이 청년이 마오 주석 어록을 많이 외우고 있다는 걸 믿을 수 있나?"

경찰 몇 명이 하던 일을 멈추더니 타를로를 쳐다봤다. 얼굴 가득 의아하다는 표정을 지으며 말했다.

"이 사람이요?"

소장이 말했다.

"보아하니 이들 시야도 좀 넓혀줘야겠어."

이렇게 말하고는 몸을 돌려 타를로에게 말했다.

"자네, 〈인민을 위해 봉사하다〉 한번 읊어보게. 우리 경찰들 시야 좀 넓혀줘."

타를로는 경찰들의 표정을 보면서 군소리 하지 않고 거침없이 암송하기 시작했다.

"인민을 위해 봉사한다. 1944년 9월 8일, 마오쩌둥. 우리 공산당과 공산당이 이끄는 팔로군, 신사군은 혁명 대오입니다. 우리 혁명 대오는 오로지 인민의 해방을 위해, 철저히 인민의 이익을 위해 일해야 합니다. 장쓰더 동지는 우리 혁명 대오 중 한 명이었습니다.

사람은 언젠가 죽기 마련입니다. 그러나 죽음의 의미는 모든 사람에게 같지 않습니다. 중국 고대 문학가인 사마천은 '인간은 언젠가 죽는다. 죽음은 태산보다 무거울 수도 있고 깃털보다 가벼울 수도 있다'고 말했습니다. 인민의 이익을 위해 봉사하다 맞는 죽음은 태산보다 훨씬 무겁고, 파시스트를 위해 일하거나 인민을 착취하거나 핍박하다 맞는 죽음은 깃털보다 훨씬 가볍습니다. 장쓰더 동지는 인민의 이익을 위해 봉사하다 숨졌으므로 그의 죽음은 태산보다 무거울 수밖에 없습니다."

경찰들은 모두 입이 떡하니 벌어진 채 신들린 듯 읊어대는 타를로의 모습을 바라봤다.

소장은 타를로에게 멈추라고 손짓하고는 눈을 휘둥그레 뜬 채 아무 말도 못 하는 경찰들을 보며 말했다.

"어때? 놀랐지? 이것 말고도 마오 주석 어록도 많이 외우고 있다네."

경찰들은 여전히 우두커니 타를로의 모습만 바라봤다.

소장이 말했다.

"이제 됐어. 지금 한시가 바쁘니까 이제 그만 일하자고."

타를로가 말했다.

"소장님, 전 이제 나쁜 사람 됐어요."

소장은 타를로를 가만히 보더니 말했다.

"머리를 빡빡 민다고 다 나쁜 사람이 되는 건 아닐세."

그리고는 옆에 있는 경찰에게 말했다.

"거기 새로 만든 신분증 중에서 이 친구 신분증 좀 찾아다 주게."

경찰이 물었다.

"이름이 뭔데요?

소장이 대답했다.

"꽁지머리."

"네?"

"아, 아니야. 이건 별명이지."

고개를 돌려 타르로에게 물었다.

"자네 진짜 이름이 뭐라고 했더라?"

"타르로요."

"맞아, 이제야 생각났네. 타르로였지."

경찰은 서류함을 하나씩 열어 신분증을 찾기 시작했다.

잠시 후 경찰이 신분증 하나를 들고 다가왔다.

"소장님, 혹시 이거예요? 본인하고 너무 다른데요."

소장은 그 신분증을 받아 들고 자세히 들여다봤다. 한참을 보더니 다시 타르로에게 물었다.

"나중에 머리 기를 생각 없나?"

"없어요."

"그럼 현에 가서 사진 좀 다시 찍어 오게. 사진하고 지금 이 모습하고 전혀 딴판이잖아. 이러면 나중에 다른 사람들이 사진하고 자네하고 동일인물인지 몰라본다네."

타르로는 또 뭔가 말하려고 했지만 소장이 되레 말을 꺼냈다.

"얼른 가서 찍어 오게. 사진 나오는 대로 가지고 오고. 오늘 우리가 좀 바쁘군."

여덟 마리 양

외국인의 말을 알아듣지 못한 익바로는 계속 울며 얘기했다.
"제가 안고 있는 검은 새끼 양 엄마도 어제 늑대한테 물려 죽었어요. 새끼 양이 너무 불쌍해요."
외국인은 익바로를 위로해주려고 장난기 가득한 말투로 말했다.
"좋아하는 여자가 생겼는데, 걔가 널 봐주지 않는구나?"

소년 익바로甲洛는 거의 매일 이곳에 양을 풀어놓는다.

열두 살, 열세 살 정도 되어 보이는 익바로는 부스스한 머리에 천진난만하고 귀여운 소년이다. 익바로가 입고 있는 작은 털외투는 지난해 춘절에 엄마가 손수 만들어주신 옷이다. 지금은 해지고 조금 작아졌지만 익바로는 아직도 즐겨 입는다. 심지어 여름철 가장 더웠을 때도 한동안 계속 입고 다녔다. 양을 방목하는 다른 아이가 "여름옷이 달랑 그거 하나밖에 없느냐"고 물었지만 대꾸하지 않았다. 다른 여름옷이 없는 건 아니다. 익바로도 자주 입는 꽤 좋은 여름옷이 여러 벌 있다. 그저 엄마가 자신을 위해 한 땀 한 땀 정성 들여 만든 옷이기에 더욱 애착이 가는 것이다. 엄마는 봄에 갑자기 돌아가셨다. 그래서 아쉬운 마음에 쉽사리 털외투를 벗지 못했다. 털외투를 입고 있으면 여전히 엄마가 곁에 있는 것 같았다. 그래도 그 후 다른 옷으로 갈아입었다. 여름에 가장 즐겨 입는 청으로 만든 옷이었다. 올해 춘절에는 털외투를 만들어줄 사람이 없다는 걸 알기에 잘 접어 옷장에 넣어두었다. 그러다 날이 점점 추워지자 또다시 꺼내 입었다. 앞으로 몇 년은 더 입을 수 있을 것 같았다.

한낮의 따뜻한 햇살이 황금빛 초원을 비춘다. 수풀 사이에서 양들이 나른하게 풀을 뜯고 있다.

매일 이 시간이 되면 익바로는 항상 뭔가를 씹고 있다. 바로 야크 고기로 만든 육포다. 엄마가 살아계실 때는 언제든지 먹을 수 있도록 매일 가방에 챙겨주셨다. 지금도 습관처럼 매일 육포를 가지고 다니지만 아무 때나 먹지 않고 시간을 정해서 먹는다. 태양이 머리 바로 위에 있어서 햇살이 수직으로 내리쬐어 그림자가 작은 동그라미가 되면 그제야 육포를 꺼내 먹는다.

육포를 먹은 후엔 습관적으로 주전자를 들어 물을 한 모금 마신다. 그리고 다시 하늘을 보며 잠시 누워 있는다. 가끔은 일부러 한낮의 태양을 정면으로 쳐다보곤 한다. 눈이 부셔 아파도 절대 피하지 않는다. 점심을 먹고 나면 한바탕 졸음이 쏟아진다. 가끔 눈을 붙일 때도 있지만 엄마는 항상 풀 위에서 자지 말라고 당부하셨다. 아이들이 풀 위에서 잠을 자면 벌레가 귓속으로 들어가 뇌를 갉아먹는다고 겁을 주셨다. 또 이런 이야기도 해주셨다. 예전에 가난한 양치기 소년이 매일 자신의 양치기 개를 데리고 산으로 올라가 양을 방목했다. 소년은 종종 양을 풀어놓고 풀 위에서 자곤 했다. 하루는 집에 돌아온 후 귓속이 몹시 아프기 시작하더니 어떻게 해도 나아지지 않았다. 한밤중이었다. 누군가 대화하는 소리를 들은 소년이 호기심에 눈을 번쩍 뜨고 쳐다봤다. 양치기 개와 고양이가 이야기하고 있었다.

고양이가 말했다.

"주인님이 아파하시는 모습을 보니 마음이 너무 아파."

"주인님이 평소 우리에게 얼마나 잘해주셨니? 내 마음도 아파."

"고칠 방법은 정말 없는 거야?"

"사실 심각한 병은 아니야. 산에서 주무실 때 벌레 몇 마리가 귓속에 들어갔는데, 그 벌레들이 뇌를 갉아먹을 때마다 머리가 아픈 거야."

"그럼 어떻게 치료해?"

"사실 그것도 간단해. 집 안에 물을 좀 뿌린 다음 대야에 불을 피워. 그리고 귀 옆에서 북을 치면 벌레들이 봄에 천둥이 치는 소리인 줄 알고 밖으로 나올 거야. 그때 벌레를 하나씩 손으로 눌러 죽이면 되는 거지. 우리가 동물이라 주인님께 방법을 알려드릴 수 없어서 정말 안타까워."

"그러게 말이야. 주인님이 하루빨리 건강해지시면 좋겠다."

양치기 소년은 얼른 개가 말한 대로 따라 했다. 그랬더니 과연 아픔이 싹 사라졌다.

익바로는 이 이야기를 떠올릴 때마다 기분이 좋아진다. 엄마가 해주신 이야기이기 때문이다. 사실 이 이야기를 완전히 믿지는 않지만 속으론 조금 두려운 마음이 있다. 그래서 버틸 수 없을 정도로 피곤할 때 잠깐 눈을 붙이는 걸 빼고는 웬만해선 풀 위에서 잠을 자지 않는다. 행여 잠을 자더라도 양털로 귀를 완전히 틀어막고 잔다.

졸음이 한바탕 지나가면 익바로는 멍하니 먼 곳을 바라보곤 한다. 사실 보이는 풍경은 거의 비슷하지만, 그래도 매일 새로운 풍경이 눈앞에 펼쳐진 것처럼 그렇게 먼 곳을 바라본다.

저 멀리에서 수십 마리의 양이 풀을 뜯고 있다. 때때로 '메에' 하는 울음소리가 들려왔다.

먼 곳을 바라보는 익바로의 얼굴에 알 수 없는 근심이 가득하다.

가까운 곳의 풀은 이미 누렇게 시들어 가을바람에 처량하게 흔들리고 있다.

새끼 양 몇 마리가 간간이 양 무리와 수풀 사이를 이리저리 뚫고 지나간다.

익바로가 몸을 살짝 움직이더니 그제야 얼굴에 새로운 표정이 드리워졌다.

새끼 양 한 마리가 비틀거리며 익바로 앞 풀밭을 어슬렁거렸다. 그러더니 익바로를 몇 번 쳐다보고는 다시 무리로 뛰어갔다. 어미로 보이는 양이 다가와 새끼 양의 꼬리 냄새를 맡았다. 새끼 양이 어미 양의 배에 파고들어 젖을 먹으려고 하자 어미 양은 새끼 양을 놔두고 뛰어가 버렸다.

익바로는 안색이 바뀌어서 그 모습을 유심히 지켜보았다.

새끼 양이 '메에' 하고 울어대자 어미 양이 다시 돌아왔다. 새끼 양의 머리 냄새를 맡더니 알아서 새끼 양에게 젖을 내어줬다.

익바로의 얼굴에 미소가 번졌다.

익바로의 왼쪽에서 바스락바스락 소리가 들려왔다. 양들도 놀랐는지 풀을 뜯던 몇 마리가 재빨리 다른 곳으로 뛰어갔다. 익바로는 얼른 소리 나는 곳으로 고개를 돌렸다. 야생토끼 한 마리가 풀 속에서 뛰어나오더니 재빨리 사라졌다. 야생토끼가 사라진 자리에는 풀만 바람에 가볍게 흔들리고 있었다. 다른 곳으로 뛰어갔던 양들도 멈춰 서서 놀란 눈으로 토끼가 사라진 곳을 쳐다봤다.

익바로는 양들을 쳐다보며 육포를 하나 꺼내 입으로 잘게 뜯어 먹기 시작했다. 익바로는 또 다른 쪽을 쳐다봤다. 반대쪽 초원에는 풀 위에 엎드려 있는 양도 있고 가만히 서 있는 양도 있었다. 다들 배불리 먹은 것 같다. 무리에 있던 새끼 양 한 마리가 천천히 다가오더니 익바로 손의 육포 냄새를 맡았다. 먹고 싶은 모양이었다. 익바로는 손바닥으로 새끼 양의 입을 살짝 때리며 말했다.

"이건 먹으면 안 돼. 안 좋아."

새끼 양은 알아듣기라도 한 듯, 다시 느릿느릿 무리로 되돌아갔다.

익바로는 남은 육포를 입에 털어 넣고는 씹기 시작했다.

수풀 너머 먼 곳에서 발소리가 한참 들리더니 그 소리가 점점 더 커졌다. 익바로는 심드렁히 소리 나는 곳으로 고개를 돌렸다. 발소리는 철책 바깥쪽 초원에서 들려왔다. 철책 바깥은 익바로네 목초원이 아니다. 익바로는 자신의 초원에서만 양을 방목할 수 있다. 몇 년 전 집집마다 초원을 나눠 가지면서 드넓던 대초원은 철책으로 갈기갈기 찢어져버리고 말았다. 집집마다 남의 가축이 넘어오지 못하도록 자신의 초원 주변에 철사로 울타리를 만들었다.

발소리가 점점 커졌지만 익바로의 눈에는 여전히 아무것도 보이지 않았다. 익바로는 자리에서 벌떡 일어났다. 누군가 초원 밖 비탈길을 천천히 걸어 올라오고 있었다. 챙이 넓은 모자를 쓴 탓에 얼굴이 가려져 누구인지 정확히 알아볼 수 없었다. 하지만 커다란 배낭을 메고 있는 건 분명했다. 그 모습은 익바로의 흥미를 자극하기에 충분했다. 익바로는 육포 씹는 것도 멈추고 그 사람이 걸어오는 모습을 가만히 보고 있었다. 그림자는 다소 피곤해 보였지만, 그래도 건장한 체격의 사람이었다.

계속 고개를 들지 않아 누군지 알 수 없었다. 익바로는 조금 의아했다. 지금 이곳으로 걸어오고 있는 사람과 비슷한 그림자가 있었는지 기억을 더듬기 시작했다. 하지만 익바로가 알고 있는 사람 가운데 이런 그림자를 가진 사람은 없었다. 그래서 더욱 열심히 그곳을 뚫어져라 쳐다봤다.

마침내 그 사람이 철책 근처까지 걸어왔다. 챙이 넓은 모자를 벗더니 고개를 들었다. 그 모습에 익바로는 깜짝 놀랐다. 푸른 눈의 외국인이었다. 익바로는 지금까지 한 번도 외국인을 직접 본 적이 없다. 예전에 텔레비전에서 본 적은 몇 번 있지만, 직접 본 것은 이번이 처음이다. 이렇게 갑자기 외국인을 만나다니 놀랍고 두려웠다. 어미젖을 빨고 있던 새끼 양도 행동을 멈추고 신기하게 외국인을 쳐다봤다. 익바로는 입에 넣은 육포를 씹는 것도 깜빡했다. 너무 놀라 입이 쩍 벌어진 채 아무 말도 하지 못했다. 외국인은 영어로 인사를 하더니 친근하게 웃었다. 익바로의 벌어진 입은 여전히 다물 줄 몰랐다.

외국인은 울타리를 넘어왔다. 익바로 옆으로 걸어오더니 손을 내밀고는 서툰 티베트 말로 인사를 했다.

"안녕하세요."

더욱 놀란 익바로의 입이 더 크게 벌어졌다. 아무 말도 할 수가 없었다.

외국인은 다시 한 번 어색한 티베트 말로 인사했다.

"안녕하세요."

잠시 후 익바로는 씹고 있던 육포를 뱉고 그제야 외국인에게 말했다.

"안녕하세요."

순간 외국인의 얼굴에 친근한 웃음이 드러났다.

여전히 수직으로 내리쬐는 한낮의 햇살 때문에 눈이 부셨다.

익바로는 갑자기 뭔가 떠오른 듯 고개를 숙여 외국인의 그림자를 보았다. 외국인의 그림자가 자신과 별반 차이가 없다는 걸 확인하자 갑자기 안심되어 웃음이 터져 나왔다.

익바로가 웃자 외국인의 얼굴에도 금세 미소가 번졌다.

외국인이 웃는 모습을 본 익바로는 평소 자신이 보던 웃음과는 다르다는 생각이 들었다. 호기심이 일어 외국인에게 물었다.

"어디에서 왔어요?"

외국인은 어깨를 들썩이더니 손을 내려놓고 영어로 말하기 시작했다.

"미안해. 티베트 말은 '안녕하세요'밖에 몰라."

익바로가 아무런 반응이 없자 외국인은 다시 어눌한 중국어로 방금 말을 반복했다.

익바로는 여전히 망연한 얼굴이었다.

외국인은 계속 중국어로 물었다.

"너 중국어 못하니?"

익바로는 여전히 망연한 얼굴을 하고 있었다.

외국인은 조금 실망한 듯 다시 어깨를 들썩이며 말했다

"못하나 보네."

말을 마친 외국인은 메고 있던 가방을 내려놓고 익바로 옆에 앉았다.

익바로는 외국인의 행동을 경계하면서 지켜보았다.

외국인은 익바로 옆에 앉아 익바로를 잠시 쳐다보더니 다시 초원으로 고개를 돌려 풀을 뜯는 양들을 보았다.

이렇게 가까운 곳에, 그것도 바로 옆에 외국인이 앉아 있는 모습을 보니 익바로는 더욱 호기심이 생겼다. 그는 외국인의 얼굴을 차근차근 살펴보고는 다시 한 번 티베트 말로 질문했다.

"어디에서 왔어요?"

외국인은 익바로를 보며 잘 모르겠다는 동작을 했다.

외국인은 다시 앞에 있는 양을 쳐다보며 영어로 말했다.

"양이 정말 많구나."

아까 어미 양의 젖을 먹던 새끼 양이 익바로의 앞으로 걸어왔다. 배가 부른 것처럼 보였다. 어미 양이 쫓아와 냄새를 맡더니 바로 돌아가 풀을 뜯었다.

그 모습을 사랑스러운 눈빛으로 보던 익바로가 새끼 양을 품에 안았다.

외국인도 새끼 양의 머리를 쓰다듬으며 영어로 말했다.

"넓은 초원에서 누군가를 만난다는 건 정말 좋은 거야."

익바로는 외국인이 새끼 양 얘기를 한다고 생각해 고개를 끄덕였다.

외국인은 조금 흥분한 듯 말을 이었다.

"너, 내 말 알아듣는 거니?"

익바로는 다시 갸우뚱거리며 고개를 저었다.

외국인도 조금 실망한 듯 익바로를 따라 고개를 저었다.

익바로는 새끼 양을 괴롭히며 놀았다. 얼마 지나지 않아 새끼 양은 더는 못 참겠는지 도망가버렸다.

외국인은 새끼 양이 가는 것을 보며 혼잣말하듯 드문드문 중국어 단어를 섞어 영어로 말했다.

"여기 온 지도 일 년이 넘었어. 지금 대학교에서 중국어를 공부하고 있어. 이젠 어느 정도 말할 수가 있고 볼 수도 있게 되었어. 난 티베트 문화에 관심이 많아."

외국인이 그렇게 말을 많이 하는 것을 처음 본 익바로는 어떻게 대응해야 할지 몰랐다. 그래서 주머니 속에 있던 육포를 꺼내 입에 넣고 씹기 시작했다.

외국인은 익바로를 보더니 또 영어로 말했다.

"사람과 얘기할 수 있다니 정말 좋네."

익바로는 외국인의 부르튼 입술을 보고는 품 안에서 육포 하나를 꺼내 건네며 티베트 말로 말했다.

"먹어요."

외국인은 단번에 익바로의 행동을 이해했다. 육포를 받아 들고 감격스러운 눈빛으로 익바로를 쳐다보면서 육포를 입에 넣고 천천히 씹기 시작했다.

외국인은 육포를 조금 음미하더니 엄지손가락을 치켜세우고 중국어로 말했다.

"정말 맛있구나!"

외국인이 엄지손가락을 올린 것을 보고 익바로도 단번에 지금 자신을 칭찬하고 있다는 것을 알고는 활짝 웃었다.

외국인은 육포를 삼킨 후 손목에 차고 있던 전자시계를 풀어 익바로에게 보여주며 영어로 물었다.

"이게 뭔지 알지?"

익바로는 알아들었는지 고개를 끄덕였다.

잔뜩 흥분한 외국인이 전자시계를 가리키며 영어로 말했다.

"오늘은 28일이야. 이 넓은 초원에 온 지도 이십여 일이 지났어."

익바로는 알아듣기라도 한 듯 고개를 끄덕였다.

이런 반응에 한껏 신이 난 외국인은 계속해서 영어로 말을 이었다.

"누군가하고 말할 수 있다는 건 정말 좋은 거야!"

잠시 침묵이 흐른 후, 외국인이 조금 진지한 말투로 말했다.

"티베트 문화를 잘 알고 싶어서 혼자 여기까지 왔어. 먼저 직접 현장을 느껴보고 나중에 심도 있는 연구를 할 생각이야."

말을 마친 외국인이 익바로를 쳐다봤다.

익바로는 여전히 멍한 표정으로 육포를 씹고 있었다.

외국인도 어쩔 수 없다는 표정을 지었다. 잠시 뭔가 생각하더니 배낭에서 책을 꺼내 펼쳤다.

외국인은 위쪽에 있는 자유의 여신상을 가리키며 중국어로 말했다.

"난 미국 사람이야. 이게 바로 그 유명한 자유의 여신상이지."

이렇게 말을 하고는 다시 익바로의 얼굴을 보았다.

익바로는 자유의 여신상을 잠깐 보며 어떤 생각을 하는 것 같았다. 그러나 다시 멍한 표정으로 되돌아와 계속해서 육포를 먹었다.

외국인은 다른 페이지를 펼쳤다. 그곳에는 빽빽한 빌딩 숲으로 뒤덮인 뉴욕 사진이 있었다. 외국인은 그곳을 가리키며 영어로 말했다.

"여기가 뉴욕이야. 내 고향이지. 다른 사람들은 여기가 천국이라는데 사실 난 별로야. 더는 그곳 생활을 견딜 수 없었어. 이렇게 파란 하늘이 있고 시야가 탁 트인 광활한 초원이 좋아. 그래서 계속 고향이 아닌 다른 곳에서 생활했어."

여기까지 말하고는 다시 익바로의 얼굴을 쳐다봤다.

익바로는 여전히 멍한 표정으로 책에 있는 뉴욕 사진을 보고 있었다.

외국인은 걱정스러운 말투로 말했다.

"내 말 못 알아 듣는 거 알아. 그래도 상관없어. 사실 지금까지 전부 나 자신에게 하는 말이었거든."

익바로는 마치 그가 뭐라고 하든 상관하지 않는 듯 육포만 계속 씹고 있었다.

갑자기 뭔가 떠올랐는지 외국인이 자신의 가슴을 가리키며 영어로 말했다.

“이거 아니?”

익바로는 외국인에게 다가갔다. 외국인 가슴에는 라마교 사원인 ‘포탈라 궁’ 기념 휘장이 달려 있었다.

외국인이 다시 물었다.

“포탈라 궁을 알고 있니?”

익바로는 고개를 끄덕이더니 육포를 삼키고는 신난 듯 말했다.

“포탈라 궁 알아요.”

외국인도 덩달아 신이 났다.

“이제야 내가 무슨 말을 하는지 이해하는구나.”

익바로는 즐거운 듯 휘장을 자세히 살펴봤다. 익바로의 집에는 아주 큰 포탈라 궁 그림이 걸려 있다. 엄마는 그림을 보면서 ‘제일 가고 싶은 곳이 여기’라고 자주 말씀하시곤 했다. 살아생전 꼭 한번 순례를 가보고 싶다고 하셨지만 결국 이루지 못하고 세상을 떠나고 말았다. 엄마가 돌아가신 후, 익바로는 이 점이 항상 마음에 걸렸고 안타까웠다. 이런 사연을 외국인에게 말해주려 했지만, 생각해보니 말해도 알아듣지 못할 것 같아 그만두기로 했다.

양 울음소리가 익바로의 이런 생각을 흩트려놓았다. 소리 나는 곳을 쳐다보니 초원에서 어미 양이 힘겹게 새끼를 낳고 있었다.

익바로는 안고 있던 새끼 양을 내려놓고 어미 양에게 다가 갔다.

풀 위에 비스듬히 옆으로 누워 있는 어미 양의 다리 사이로 새끼 양의 머리가 보였다.

익바로는 옆에 앉아 능숙하게 어미 양이 새끼 낳는 것을 도왔다.

외국인도 익바로 옆으로 다가가 어미 양이 새끼를 낳는 모습을 지켜보았다. 그는 어미 양이 고통스럽게 발버둥 치는 것을 보고는 안절부절못했다. 뭐라도 돕고 싶은 마음에 주변을 맴돌았지만, 결국 아무 도움도 되지 못했다.

마침내 새끼 양이 모습을 드러냈다. 양수가 바닥에 흥건하게 흘렀고 끈끈한 막 같은 걸로 새끼 양의 온 몸이 덮여 있었다.

어미 양이 휘청거리며 일어나더니 새끼 양의 몸에 있는 끈끈한 막을 사랑스러운 듯 핥기 시작했다.

새끼 양은 바닥에서 발버둥 치며 몇 번이고 일어서려고 했지만 계속 쓰러지고 말았다.

익바로는 신난 듯 외국인에게 말했다.

"금방 일어설 수 있을 거예요."

외국인은 무슨 말인지 알아듣지는 못했지만 그래도 익바로를 보고 웃었다.

익바로는 바닥에 있는 마른 풀로 손을 깨끗이 닦고는 몸을 일으켜 다시 원래 앉았던 자리로 돌아왔다.

검은 새끼 양 한 마리가 익바로의 앞으로 뛰어오자 익바로는 새끼 양을 품에 안았다.

막 태어난 새끼 양을 보고 있던 외국인도 다시 익바로의 옆으로 다가와 앉았다.

익바로는 품속에서 육포를 꺼내 외국인에게 건넸다.

방금과는 달리 익바로의 표정이 조금 침울해 보였지만, 그래도 그는 육포를 받아 들고 감격한 듯 고개를 끄덕이며 먹기 시작했다.

얼마 지나지 않아 외국인은 또 한 번 엄지손가락을 치켜세우며 중국어로 말했다.

"정말 맛있구나. 너도 참 잘했다."

이때 외국인은 익바로 얼굴에 흐르는 눈물을 보았다.

얼른 중국어로 물었다.

"왜 그러니?"

익바로는 외국인을 쳐다보며 말했다.

"우리 집 양이 곧 백 마리가 돼요. 하지만 어젯밤에 늑대가 철책을 망가뜨리고 넘어와서 여덟 마리를 물어 죽였어요."

외국인은 울먹이며 말하는 익바로의 모습에 놀란 것 같았다.

익바로는 계속 울먹이며 말을 이었다.

"양 백 마리를 채우는 게 나와 엄마의 올해 소망이었어요. 근데 어젯밤에 흉악한 늑대가 우리 집 양을 여덟 마리나 물어 죽였어요."

외국인은 갑자기 뭔가 알았다는 듯 영어로 말했다.

"아, 알겠다. 속상한 일이 있었구나?"

외국인의 말을 알아듣지 못한 익바로는 계속 울며 얘기했다.

"제가 안고 있는 검은 새끼 양 엄마도 어제 늑대한테 물려 죽었어요. 새끼 양이 너무 불쌍해요."

외국인은 익바로를 위로해주려고 장난기 가득한 말투로 말했다.

"좋아하는 여자가 생겼는데, 걔가 널 봐주지 않는구나?"

외국인의 표정을 보고는 익바로도 웃었다.

"방금 새끼 양 한 마리가 또 태어났으니까 이제 괜찮아요. 내년에는 분명 백 마리를 채울 수 있을 거예요."

익바로의 웃는 모습을 보자 외국인은 자신의 말이 효과가 있었다는 생각에 기뻐했다.

"내 말이 맞지? 여자들한테는 칭찬을 많이 해줘야 해. 분명 칭찬이 부족했을 거야."

이때 멀리서 오토바이 소리가 들려왔다.

익바로와 외국인은 고개를 돌려 소리가 들리는 곳을 바라봤다. 풀을 뜯던 양 몇 마리도 먹는 것을 멈추고 고개를 돌렸다.

시야가 닿지 않는 흙길 북쪽에서 뿌옇게 먼지가 일었다. 오토바이 소리도 점점 크게 들렸다. 얼마 지나지 않아 풀숲 사이로 어떤 사람이 오토바이를 타고 흙길을 달려오는 모습이 보였다. 오토바이 뒤로 흙먼지가 점점 더 많이 일었다.

익바로와 외국인 그리고 양 몇 마리는 계속 오토바이가 다가오는 모습을 지켜보고 있었다. 오토바이는 철책 가까이 오더니 길옆 풀밭에서 멈췄다.

오토바이를 타고 온 사람은 중국 전통 두루마기를 입은 중년 남성이었다. 그는 오토바이를 세우더니 익바로에게 물었다.

"옆에 있는 사람은 누구니?"

"몰라요. 금발의 외국인이에요. 예전에 텔레비전에서나 봤었는데 지금 제 옆에 앉아 있는 걸 보니 정말 신기해요."

두루마기를 입은 중년 남성이 말했다.

"무슨 일이 일어날지 모르니 이런 외국인일수록 더욱 조심해야 한단다. 몇 년 사이에 초원에도 외국인이 많아졌어."

익바로는 뭔가 생각하는 듯 고개를 끄덕이며 외국인을 바라봤다.

외국인은 친근하게 웃으며 중년 남성에게 티베트 말로 인사를 했다.

"안녕하세요."

두루마기를 입은 중년 남성이 놀란 눈으로 외국인을 보며 물었다.

"티베트 말을 할 줄 아네."

익바로는 외국인의 얼굴을 보더니 말했다.

"그 말밖에 못 하는 거 같아요."

두루마기를 입은 중년 남성은 놀란 표정을 감추고는 웃으며 말했다.

"그럼 됐다. 아까 우리가 한 말을 알아들었을까 봐 걱정했단다."

익바로가 확신에 찬 목소리로 말했다.

"못 알아들었을 거예요."

두루마기를 입은 중년 남성은 오토바이에 걸린 전대에서 끈으로 묶인 신문 한 부를 꺼내 들고 익바로에게 물었다.

"촌장님, 댁에 계시니?"

익바로가 자리에서 일어나 중년 남성에게 다가갔다.

"계세요. 늑대가 간밤에 습격한 얘기를 하러 그 댁에 아침에 갔을 때 계셨어요."

두루마기를 입은 중년 남성이 말했다.

"에잇, 요새 늑대 습격이 자주 일어나는구나. 앞으로 신경을 더 많이 써야 한단다. 양은 몇 마리 죽었니?"

익바로는 금세 잔뜩 풀이 죽은 채 말했다.

"여덟 마리요."

두루마기를 입은 중년 남성은 별일 아니라는 듯 말했다.

"여덟 마리 정도면 많은 것도 아니다. 작년에 내 친구 집에 늑대가 들어 삼십 마리도 넘게 물려 죽었단다. 얼마나 포악한 늑대인지 잡아먹지도 않을 거면서 하나하나 전부 물어 죽였어."

익바로의 얼굴에 다시 웃음이 묻어났다.

"오늘부터 매일 양 옆에 있을 거예요. 그럼 아무 일도 안 생길 테니까요."

익바로는 말을 하며 고개를 돌려 방금 막 태어난 새끼 양을 가리켰다.

"방금 또 양 한 마리가 태어났어요."

두루마기를 입은 중년 남성도 익바로의 손이 가리키는 방향을 바라봤다. 그곳에는 막 태어난 새끼 양 한 마리가 일어서려고 애쓰고 있었다.

두루마기를 입은 중년 남성은 익바로 앞으로 신문을 던졌다.

"보름에 한 번 나오는 신문이니 꼭 촌장님께 전해주렴. 여기에 여러 가지 뉴스가 많단다."

익바로는 성실하게 대답했다.

"걱정 마세요. 촌장님께 잘 전달해드릴게요."

외국인은 계속 두 사람의 대화를 지켜보았다. 두루마기를 입은 중년 남성이 떠나려고 하자 갑자기 뭔가 떠올랐는지 다가가 중국어로 물었다.

"중국어 할 줄 아세요?"

두루마기를 입은 중년 남성은 순간 당황했지만, 곧 어색한 중국어로 말했다.

"저는 중국어를 못합니다."

외국인은 소스라치게 놀라 말했다.

"방금 중국어 하셨잖아요."

두루마기를 입은 중년 남성은 잠시 머뭇거리더니 다시 중국어로 말했다.

"이 말밖에 못 해요."

외국인도 더는 말을 꺼내지 않았다.

두루마기를 입은 중년 남성은 티베트 말로 익바로와 외국인에게 잘 있으라고 인사하고는 오토바이를 타고 다시 흙길을 달렸다. 그의 뒷모습에서 또 흙먼지가 피어올랐다.

신문은 익바로와 외국인 사이에 떨어졌다. 그들은 눈으로 두루마기를 입은 중년 남성을 배웅했다.

마침내 두루마기를 입은 중년 남성이 풀숲으로 사라졌고 오토바이 소리도 점점 작아졌다. 이때 뒤에서 '메에' 하는 양 울음소리가 들렸다.

익바로가 고개를 돌려 쳐다보자 새끼 양이 드디어 네 발로 서 있었다. 하지만 똑바로 서 있지 못하고 계속 휘청거리더니 몇 걸음 떼지 못하고 다시 넘어져버렸다.

무슨 소리라도 들었는지 익바로가 고개를 돌려 외국인을 보았다. 외국인은 신문에 난 한 기사를 응시하고 있었다.

익바로도 외국인의 시선이 닿는 곳을 쳐다봤다. 흑백사진 한 장이 특히 눈에 띄었다. 고층 빌딩에 비행기가 부딪히는 사진으로 빌딩 주위는 연기에 휩싸여 있었다. 사진 아래에는 중국어가 빼곡하게 적혀 있었다.

무슨 상황인지 이해하지 못한 익바로가 고개를 들었다. 사진을 보는 외국인의 얼굴이 온통 눈물투성이였다.

사진을 보던 외국인이 익바로의 얼굴을 쳐다봤다. 눈물범벅이 된 얼굴로 아무 말도 하지 못했다.

익바로는 어떻게 해야 할지 몰라 외국인을 잠깐 보고는 위로의 말을 건넸다.

"분명 무슨 안 좋은 일이 생긴 거죠? 울지 말아요."

외국인이 영어로 말했다.

"내 고향에서 이번 달 11일에 아주 무서운 일이 생겼어. 많은 친척이 다 그곳에 살고 있는데도 전혀 모르고 있었어."

말을 마친 외국인의 눈에서 하염없이 눈물이 흘러내렸다.

이런 모습을 보면서도 익바로는 무슨 말로 위로해야 할지 몰랐다.

외국인은 갑자기 익바로를 안고 엉엉 울기 시작했다.

외국인에게 안기게 되자 익바로는 조금 긴장이 되었지만 금세 적응이 되었고 실컷 울도록 내버려두었다.

익바로의 뒤에서 또 새끼 양의 울음소리가 들려왔다. 익바로는 얼른 고개를 돌렸다.

새끼 양은 안정적으로 네 발로 서서는 꼬리를 흔들며 어미 양의 몸에서 젖을 찾고 있었다.

익바로는 외국인을 몇 차례 밀어내려 했지만, 외국인은 계속 울고만 있었다. 익바로가 다시 한 번 힘껏 외국인을 밀었다.

이번엔 외국인이 고개를 들었다. 익바로는 손가락으로 새끼 양을 가리키며 보라고 손짓했다.

새끼 양이 어미의 젖을 찾는 데 성공했는지 꿇어앉은 채 꼬리를 흔들며 젖을 빨고 있었다.

외국인은 울음을 멈추고 멍하니 그 모습을 바라봤다.

잠시 후 외국인이 자리에서 일어나 배낭을 짊어졌다.

그는 익바로를 보며 영어로 말했다.

“얼른 돌아가야겠어. 돌아가서 가족과 함께 있을 거야.”

말이 끝나자 외국인은 챙이 넓은 모자를 쓰고는 철 울타리를 넘어갔다.

익바로는 넋이 나간 채 떠나가는 뒷모습을 바라보고 있었다.

외국인이 몇 발자국 걸어갔을 때 익바로가 갑자기 티베트 말로 말했다.

“안녕하세요.”

외국인은 발걸음을 멈추고 다시 돌아봤다.

익바로는 철책 옆으로 다가갔다. 품 안 비닐봉지에서 야크 육포를 꺼내 외국인에게 건넸다.

“가면서 먹어요.”

익바로의 말을 알아들었는지 외국인이 다가와 육포를 받아 들었다. 모자 밑으로 익바로의 얼굴을 잠시 보더니 말했다.

“꼭 다시 올게.”

외국인은 몸을 돌려 다시 걷더니 얼마 못 가 다시 되돌아왔다.

그는 가슴에 달려 있던 포탈라 궁 기념 휘장을 빼 익바로에게 건넸다.

익바로는 잠시 머뭇거렸지만 결국 휘장을 받아 들고는 즐거운 듯 자세히 들여다보았다.

외국인은 익바로를 가만히 보면서 아무 말도 하지 않았다.

익바로도 그저 외국인의 얼굴을 쳐다보면서 아무 말도 하지 않았다. 모자의 넓은 챙에 가려져 외국인의 눈이 거의 보이지 않았다.

외국인은 익바로의 어깨를 툭툭 치고는 다시 발걸음을 재촉했다. 신발 소리가 우렁찼다. 그가 풀숲을 완전히 떠날 때까지 계속 우렁찬 신발 소리가 울려 퍼졌다.

익바로는 멍하니 외국인이 떠난 쪽을 바라보고 있었다. 그의 신발 소리가 완전히 사라지자 갑자기 고개를 냅다 들어 머리 위에 있는 태양을 바라봤다. 여전히 수직으로 내리쬐는 한낮의 햇살에 눈이 따가웠다. 하지만 억지로 참으며 피하지 않았다. 갑자기 눈앞이 새하얗게 변하더니 아무것도 보이지 않았다. 깊은 두려움이 몰려들었다.

익바로의 주위에서 갑자기 양 울음소리가 끊임없이 울려 퍼졌다.

죽음의 색

그가 말을 이었다.

"죽음에 색이 있다고는 생각 못 했어."

그는 잠시 말을 멈췄고, 나도 그가 말할 때까지 가만히 기다렸다. 그가 다시 입을 열었다.

"그 색을 보고 다와에게 무슨 일이 생겼다는 걸 직감했어."

그 날 니마尼玛를 만나러 가는 동안 녀석을 만나서 할 말을 내내 고민했다. 하지만 결국 적절한 말을 찾지 못했다.

출발 전에 니마에게 전화를 걸었다.

"나 왔어. 너 보러 갈게."라고 말하자 수화기 너머에서 니마가 "응" 하고 짧게 대답하고 바로 끊었다.

니마에겐 다와达娃라는 쌍둥이 남동생이 있다. 사실 엄마 배속에서 고작 몇 분 일찍 나왔을 뿐이지만, 니마는 '형'이라는 부담을 오롯이 떠안아야만 했다. 둘의 부모님이 일찍 돌아가시는 바람에 동생인 다와를 돌보는 일은 형 니마의 몫이 됐다. 가끔 귀찮은 일이 생길 때면 니마는 항상 투덜거렸다.

"몇 분 일찍 세상에 나왔다고 형 노릇을 해야 한다는 건 너무 억울해. 차라리 내가 동생이었으면 좋았을걸."

니마는 똑똑하고 뭐든지 잘하는 편이라 모두 그와 친구가 되고 싶어 했지만, 쌍둥이 동생인 다와와 친구가 되는 것은 다들 꺼렸다. 다와 머리에 문제가 있다고들 했다. 하지만 니마도 이것만큼은 인정하지 않았다. 그저 자기 동생이 아직 철이 덜 들어서 그런 거라고 좀 더 크면 좋아질 거라며 펄쩍 뛰었다.

다와가 열여섯 살 때였나, 어느 날인가 돌마卓玛의 가슴을 만지고 나서야 잔뜩 화가 난 니마가 다와에게 "너 진짜 머리에 문제가 있구나!"라고 말했다. 이렇게 화를 내봤자 다와는 그저 '킥킥'거리며 웃을 뿐이었다.

돌마는 니마의 여자 친구이다. 대단한 미인이라 남자 녀석들이 넋을 잃고 그녀를 쳐다보기 일쑤였기에 내가 니마에게 이렇게 말했다.

"어떻게 이런 미인을 여자 친구로 만든 거야? 바보 천치인 다와도 돌마가 예쁜 건 알잖아."

니마가 대답했다.

"다와가 열여덟이 되면 정말 뭐든지 다 알게 될 거 같아."

나는 그저 재밌다며 웃고 말았지만 나와 달리 돌마는 잔뜩 화가 난 것 같았다. 나는 얼른 돌마를 위로하는 척했다.

"넌 기뻐해야지. 머리가 어떻게 된 바보천치까지도 네가 예쁘다잖아. 이건 네가 그냥 평범하게 예쁜 게 아니라는 거야."

니마는 웃었고 다와도 웃었다. 돌마는 여전히 화난 것처럼 보였지만 더는 신경 쓰지 않았다. 사실 속으로 아주 좋아하고 있을 거라는 걸 잘 알고 있었기 때문이다. 돌마는 사람들이 자신의 미모를 갖가지 표현으로 칭찬하는 것을 즐겼다. 똑똑한 여자니까 이 말이 최고의 찬사라는 것을 모를 리 없다.

다와의 머리에 진짜 문제가 있다는 걸 확인한 후, 니마는 가끔 자포자기라도 한 듯 말했다.

"에이, 다와가 나보다 먼저 태어나서 형이 되었다고 한들 무슨 소용 있겠어. 이 녀석이 이 꼴이 되어버리면 내가 녀석을 돌봐야 한다는 사실은 변하지 않는데 말이야. 대체 우리는 왜 형제인 거지?"

쌍둥이 남동생 때문에 니마와 돌마는 자주 다투곤 했다. 돌마는 줄곧 니마와 결혼하고 싶어 했지만 니마는 항상 이렇게 말했다.

"조금만 더 기다려줘. 다와 상태가 좀 나아지면 그때 결혼하자."

그때마다 돌마는 화를 냈다.

"형수 될 여자 가슴도 만지는 앤데, 좋아져봤자 얼마나 더 좋아지겠어?"

니마는 아무런 대꾸도 하지 않았다.

출중한 외모 덕에 돌마를 흠모하는 사람도 많았지만, 그녀가 좋아하는 사람은 오로지 니마뿐이었기 때문에 그녀도 더는 어떤 말도 할 수가 없었다.

사실 나도 한때 돌마를 좋아했었다. 하지만 이번 생에는 운이 그렇게 좋은 편이 아니라서 그녀와 잘 될 기회가 없다는 걸 알고 있었기에 포기했다. 돌마도 내가 자신을 좋아했었다는 사실을 알고 있었기에 평소 마음 놓고 속마음을 털어놓곤 했다.

"넌 쟤네 둘이 쌍둥이라는 걸 믿을 수 있어? 한 명은 뭐든지 척척 해내는 엘리트인데, 나머지 한 명은 자기 콧물 하나도 제대로 못 닦고 눈코입도 제자리에 안 붙어 있는 바보잖아."

이런 말을 듣고 기분이 썩 좋지는 않았지만, 그래도 한숨 쉬며 대답했다.

"세상일이 다 그렇게 이상하지. 제대로 설명할 수도 없고 근거도 없고 말이야."

돌마는 그저 고개를 저으며 한숨을 내쉴 뿐이었다.

그러다 내가 불쾌해한 것을 눈치챘는지 웃으며 말했다.

"사실 너도 능력 있고 잘생겼어. 니마가 없었더라면, 분명 너를 좋아했을 거야."

위로하려고 꺼낸 말이었겠지만, 그 말을 듣고 나니 오히려 가슴 한 곳이 이상하게 아려왔다.

돌마는 가끔 바보 같은 소리를 한다.

다와의 외모에 관한 얘기는 사실 조금도 과장되지 않았다. 실제로 보면 확실히 조금 놀라기 때문이다. 눈코입이 제자리를 찾지 못한 듯 얼굴이 틀어져 있어 어떤 여자라도 그를 한 번 보고 나면, 절대 두 번 다시는 보고 싶어 하지 않을 거라고 확신한다.

돌마 앞에서 니마는 항상 다와를 아끼고 사랑하는 모습이다.

이런 모습 때문에 돌마가 니마를 더욱 존경하게 된 것 같다. 돌마는 부모님이나 형제들 앞에서도 항상 니마는 정말 마음씨가 착하다고 칭찬하면서 자신이 사람을 제대로 봤다고 말했다. 그녀의 친척들도 이 점에 대해서는 모두 동의하며 그들의 교제를 응원했다.

다와는 자신의 유일한 혈육이 니마라는 걸 아는지, 니마에게는 잔뜩 어리광을 부리면서도 다른 사람에게는 항상 거리를 두고 지나치게 친밀한 행동을 하지 않았다. 그때, 딱 한 번 생각지도 못하게 돌마의 가슴을 만진 사건을 제외하곤 말이다.

항상 좋은 형의 모습이지만, 가끔 니마도 돌마가 없을 땐 다와를 귀찮아하고 그의 행동에 짜증을 내며 이런 말을 했다.

"이 자식이 죽어버리면, 당장에라도 돌마와 결혼할 수 있을 텐데."

처음 이 말을 했을 때에는 스스로도 놀랐는지 얼이 빠진 채 다와의 얼굴을 쳐다봤다. 하지만 다와는 어떤 표정 변화도 없이 여전히 천진난만하게 웃고 있었다. 그날 이후, 니마는 아무런 거리낌도 없이 거의 입버릇처럼 이런 말을 했다.

하지만 돌마 앞에선 절대 그러지 않았다.

니마가 이런 말을 입에 올릴 때마다 나는 마음이 편치 않았다. 매번 화를 참지 못하고 니마를 노려보며 말했다.

"어떻게 자기 친동생한테 그런 말을 할 수 있어?"

니마는 전혀 상관없다는 태도였다.

"만약 너한테도 이런 쌍둥이 동생이 있고, 오랫동안 보살펴야 한다면, 너도 분명 이렇게 말했을 거야."

가끔 니마가 그럴 때면 '어떻게 이런 자식이랑 친구가 됐지?'라고 생각하기도 했다. 그러면 니마도 내 속을 꿰뚫어 보기라도 한 듯이 덧붙였다.

"죽는 것도 나쁘지 않아. 우리 부모님은 이미 돌아가셨으니까 고생스럽게 우리를 키울 필요가 없잖아. 내가 죽는다면 이렇게 고생하며 다와를 돌보지 않아도 될 거고. 만약 다와가 죽으면, 다와도 더는 그렇게 고생하며 살지 않아도 될 거야."

그럼 나는 오히려 조금 진지하게 말했다.

"불경에 사람으로 환생하는 게 얼마나 어렵다고 쓰여 있는지 알아?"

니마가 대답했었다.

"나도 알아, 하지만 난 죽는 게 사는 것보다 좀 더 쉬운 거 같아."

니마네 집까지 절반 정도 갔지만, 만나서 뭐라고 말해야 할지 고민이 되었고, 여전히 적절한 말이 떠오르지 않았다. 갑자기 앞쪽에서 사람들이 웅성거리는 소리가 들려왔다. 고개를 들어 쳐다보니 한 무리의 사람들이 뭔가 에워싸고 한창 떠들고 있었다. 내가 가까이 다가갔지만 아무도 눈치채지 못했다. 무슨 일인지 궁금해서 사람들을 비집고 들어가서 살펴봤다. 길가에 있는 돼지 무리 가운데 한 마리가 뭐에 물렸는지 형체를 알

아볼 수 없을 정도로 온몸이 뜯겨 있었다.

옆에 있던 사람에게 물었다.

"무슨 일이에요?"

그 사람은 이상한 눈초리로 쳐다봤다.

"무슨 일이냐고요? 이 돼지가 다른 돼지한테 물려서 죽었다우."

나는 깜짝 놀랐다.

"뭐라고요? 돼지가 돼지를 물어 죽였다는 얘긴 난생처음 듣네요."

그 사람은 더는 아무런 대꾸도 하지 않았다.

사람들은 그곳에 모여 돼지한테 물려 죽은 돼지를 먹어도 되는지 토론하고 있었다. 어떤 사람은 '당연히 먹어도 되지, 못 먹을 일이 뭐가 있느냐' 하고, 또 어떤 사람들은 '동족한테 물려 죽은 돼지는 절대 먹으면 안 된다'고 했다. 또 어떤 사람들은 '논쟁할 필요가 있냐, 이 지경이 됐는데 그냥 태워버리자'고 했다. 결국 하나둘씩 잇달아 '태워요, 그냥 태워버려요'라며 목청을 높였다.

나는 그들을 뒤로한 채 발걸음을 옮겼다. 줄곧 날 괴롭게 했던 문제가 다시 머릿속에 떠올랐지만, 여전히 적절한 대답을 찾지 못했다.

보름 전쯤이었다. 니마의 쌍둥이 동생인 다와가 트럭에 치여 죽었다. 현장에서 목격한 사람들 증언에 따르면, 날카로운 브

레이크 소리가 들렸고 다와의 몸이 공중으로 날아오르더니 낡디 낡은 솜옷처럼 서서히 바닥으로 다시 떨어졌다고 한다. 니마가 황급히 현장에 도착했을 때, 다와는 이미 숨이 끊어진 후였다. 얼굴은 창백했지만, 웬일인지 눈, 코, 입은 마치 성형이라도 한 듯이 제자리를 찾아 평범한 사람의 얼굴을 하고 있었다고 했다.

니마는 울면서 말했다.

"이 녀석 죽고 나더니, 잘생겨졌구나."

다와를 쳤던 트럭 기사는 진작 차를 끌고 도망쳤다. 사람들이 얼른 신고해서 범인을 잡으라고 재촉했지만, 니마는 오히려 이렇게 말했다.

"그냥 내버려둘래요. 분명 다와가 잘못했을 거예요. 머리에 문제가 있었으니까요."

니마의 남동생이 사고를 당해 죽었을 때, 나는 외지에 있어 당장 갈 수가 없었다.

다와의 죽음과 관련된 얘기는 모두 전해 들은 것이다.

지금이라도 서둘러 돌아가는 것은 니마를 만나기 위해서다. 다와의 장례도 아주 단출하게 치렀다고 들었다. 장례를 치를 때 가지 못했기 때문에 계속 미안한 마음이 있었다.

니마의 집에 거의 도착했지만, 난 여전히 적절한 말 한마디가 떠오르지 않아 아주 답답했다.

친동생인 다와를 빼면 니마에게 가장 가까운 동성 친구는 분명 나일 것이다. 이건 니마도 여러 번 말하곤 했었다. 이런 사이였기에 니마의 동생이 죽었을 때, 나도 어떤 책임감 같은 게 느껴져 마음이 불안했었다.

니마를 만나고, 내가 뭐라고 말을 꺼내기도 전에 뜻밖에 니마가 먼저 입을 열었다.

"이 망할 놈의 녀석, 다와는 내가 저주해서 죽인 거나 다름없어."

적절한말이 떠오르지 않았다. 니마는 계속 말했다.

"만약 내가 입버릇처럼 저주를 퍼붓지만 않았어도 죽지 않았을 거야."

그제야 나는 입을 뗐다.

"그건 네가 다와를 끔찍이 생각해서 한 말이었잖아."

니마에게 맨 처음 한 말이 이 말일 거라곤 전혀 생각지 못했다. 니마는 그제야 내 얼굴을 보더니 물었다.

"정말 그렇게 생각해?"

나는 고개를 끄덕였다. 그러자 그는 예상치 못한 말을 했다.

"하지만 내가 그런 말을 자주 해서 다와가 죽은 거라고 누군가가 그랬어."

이때서야 비교적 적절한 말을 생각해냈다.

"죽고 사는 건 하늘이 결정하는 거지, 우리 마음대로 되는 게 아니야. 이런 일은 누구에게나 일어날 수 있어."

말을 하고 나니, 왠지 바보 같다는 생각이 들었다. 조금도 적절하지 않았다.

역시나 위로는커녕 오히려 니마의 화를 돋우고 말았다.

"때려죽여도 시원찮을 트럭 기사 같으니! 감히 사람을 치고 도망쳐? 만약 내 손에 잡히면 반드시 가죽을 죄다 벗기고 혈관을 몽땅 뽑아버릴 거야!"

그의 얼굴을 보며 조금 놀라 나도 모르게 이렇게 말했다.

"죽고 사는 건 하늘이 결정하는 거야. 너무 마음 쓰지 마."

아주 시의적절한 말이라고 생각했다. 하지만 이 말에 니마는 되레 눈물 콧물을 흘리며 울어버리고 말았다. 그는 눈물과 콧물을 훔쳐 바지에 쓱 닦더니 말했다.

"어떻게 마음을 안 써, 내가 죽인 거나 다름없는데."

그리곤 다시 아이처럼 큰 소리로 목 놓아 울기 시작했다.

니마가 이렇게 우는 모습을 단 한 번도 본 적이 없었기에, 나는 깜짝 놀랐다.

그는 울면서 말했다.

"우리 함께 양 치러 갔을 때 기억해? 내가 다와를 낭떠러지에서 밀어버리고 싶다고 했었잖아."

나는 고개를 끄덕였다. 당시에 그 말을 듣고 아주 놀랐던 기억이 있다.

그는 계속 울먹이며 말했다.

"내가 대체 왜 그랬지? 그때는 다와를 낭떠러지에서 밀어버리고 싶은 마음이 정말 굴뚝같았어. 그날 마귀한테 씐 게 분명해. 분명 마귀한테 홀려서 저주를 퍼부어 죽게 한 거야."

"예상치 못한 사고였어. 네 탓이 아니야. 맹세할게."

나는 또 바보 같은 소리를 했다고 생각했다. 그는 얼이 빠진 채 내 얼굴을 잠깐 보았고 이윽고 울음소리도 조금 잦아들었다. 그러나 여전히 작은 소리로 흐느껴 울고 있었다.

"사고가 나던 그 날, 비록 현장에 없었지만 무슨 일이 생겼는지 알 수 있었어."

놀란 나는 말없이 그의 얼굴을 보며 다음 말을 기다렸다.

그는 잠시 말을 멈추더니 흐느껴 울던 것도 완전히 멈추고는 진지하게 말했다.

"그날 죽음의 색을 봤거든."

나는 너무 놀라 그가 계속 말하기를 기다렸다. 그가 말을 이었다.

"죽음에 색이 있다고 생각 못 했어."

그는 잠시 말을 멈췄고, 나도 그가 말할 때까지 가만히 기다렸다.

그가 다시 입을 열었다.

"그 색을 보고 다와에게 무슨 일이 생겼다는 걸 직감했어."

나는 속으로 좀 이상하다고 생각했다. 죽음이라는 건 대체 어떤 색이지? 그러면서도 이 상황에 그런 생각을 하면 안 된다고 자책했다.

그는 이어서 말했다.

"그건 네가 살아오면서 평생 한 번도 보지 못한 그런 색일 거야. 만약 네가 그 색을 본다면, 너도 분명 죽음이 다가왔다는 걸 직감할 수 있을 거야."

내 머릿속엔 계속 '죽음은 대체 무슨 색일까?' 하는 물음이 가득차 있어, 그다음에 무슨 얘기를 했는지도 전혀 기억나지 않았다.

함께 저녁을 먹고 나서야 돌마가 없다는 것을 깨달았다. 니마에게 물었다.

"돌마는?"

"다와 장례를 치른 다음부터 계속 날 상대도 안 해."

"왜?"

"모르겠어. 여자 마음을 어떻게 알겠어."

나는 아무 말도 하지 않았다. 그러자 니마가 다시 입을 열었다.

"내일 돌마한테 좀 가봐."

다음 날 나는 돌마를 만나러 갔다.

가는 도중에 아는 사람들을 만났다.

"니마 만났어?"

나는 대답했다.

"응. 만났어."

그들은 고개를 끄덕이더니 아주 진지한 표정으로 다시 물었다.

"지금 어디 가는 거야?"

나는 대답했다.

"니마 부탁으로 돌마 보러 가."

순간 모두 표정이 변하더니 나를 재촉했다.

"그래, 가봐. 얼른 가봐."

그게 대체 어떤 의미인지 전혀 알지 못한 채, 난 돌마의 집으로 향했다.

나를 본 돌마가 내 품으로 달려들더니 가슴팍에 얼굴을 묻고 울기 시작했다.

그렇게 그녀는 내 품에서 한참을 울었다. 나도 막지 않고 실컷 울게 내버려두었다.

어느새 울음을 그친 돌마가 내게 뜬금없는 말을 했다.

"너 나 좋아했던 거 맞지?"

나는 진지하게 말했다.

"이 상황에 갑자기 그런 걸 왜 물어?"

돌마는 말했다.

"네가 나 좋아했었다는 거 알아. 너 나한테 장가 와라."

깜짝 놀란 나는 그녀의 얼굴을 빤히 쳐다보았다.

그녀는 자연스러운 표정으로 말을 이었다.

"그저 진심으로 나를 좋아해주는 사람을 찾아서 당장 시집가고 싶다는 생각뿐이야."

"그럼 니마는?"

"니마는 날 좋아하지 않아. 걔 마음속엔 오로지 다와밖에 없어. 다와가 죽고 나서야 그걸 분명하게 알았어."

돌마를 내 품에서 떼어내고는 말했다.

"그럴 리 없어. 니마는 줄곧 너를 좋아했어."

"예전엔 나도 그렇게 믿었어. 하지만 이제 확실히 알겠어. 걔 마음속엔 내가 없어."

"그게 무슨 말이야?"

"어쨌든 걔 마음속에 나는 없다는 걸 알았어."

"이유를 말해줘야지."

"말하기가 좀 그래."

돌마의 대답은 애매모호했다.

"말 못할 게 뭐가 있어? 이유를 말해줘야 알지."

잠시 생각하더니 돌마가 다시 입을 열었다.

"아마 열흘 전쯤이었을 거야. 다와 장례를 다 치르고 난 후, 니마가 우리 집으로 뛰어오더니 잔뜩 흥분해서는 나한테 결혼하자는 거야. 난 기뻤지. 물론 계속 바라던 일이었으니 아주 기뻤어. 하지만 지금은 때가 좋지 않으니까 좀 더 기다렸다 하자고 말했어. 그런데도 계속 당장 결혼하자고 재촉하는 거야. 더는 기다리지 못하겠다면서. 그래서 나도 뭐라 말 못하고 그냥 동의했어."

여기까지 말하고는 또다시 말을 멈췄다.

그녀의 얼굴을 보며 내가 말했다.

"잘된 거 아니야? 너 계속 니마랑 결혼하고 싶어 했잖아."

돌마의 대답은 의외였다.

"아니, 내가 좋아서 결혼하자는 게 아니었단 걸 알았거든."

내가 물었다.

"그게 아니면 뭔데?"

돌마는 입을 꾹 닫았다.

나는 돌마의 얼굴을 쳐다보고 있었고, 그녀의 얼굴은 조금씩 벌겋게 달아올랐다.

잠시 후에 그녀가 겨우 다시 말을 꺼냈다.

"그날 밤, 니마가 나를 안고 싶다고 했어. 나도 물론 원했어. 지금까지 니마는 날 안을 때마다 항상 신중했어. 애라도 생기면 골치 아프다면서 알아서 콘돔도 챙겼고. 근데, 그날따라 이상하게 그걸 쓰지 않는 거야. 이상한 생각에 왜 쓰지 않느냐고 물었어. 그랬더니 대뜸 아이를 갖고 싶다는 거야. 아직 결혼식도 안 올렸는데 그건 안 된다고 말했더니, 니마가 뭐라고 했는지 알아? 자기가 라마*를 찾아가 계산을 해봤는데, 사후 49일 전에는 다와가 자기 집으로 환생할 수 있다고 했대. 그러면서 서두르지 않으면 늦는다는 거야…."

여기까지 말하더니 다시 입을 다물었다.

이때 나는 뭐라고 말해야 할지 혼란스러웠다. 감히 그녀의

---

* 티베트 불교인 라마교의 노승

얼굴을 쳐다볼 수도 없었다. 마치 내가 무슨 큰 잘못이라도 저지른 느낌이었다.

뜻밖에도 돌마가 다시 입을 열었다.

"이제 너도 알겠지? 니마 마음속엔 다와뿐이야. 난 없어. 걔는 날 무슨 도구로 생각하나 봐."

난 고개를 더 깊이 떨궜다.

그녀가 지금 날 보고 있는지는 알 수 없었지만, 계속 목소리가 이어졌다.

"바로 니마를 침대에서 걷어차고 바로 집 밖으로 내쫓았어."

나는 고개를 들고 그녀를 쳐다봤다.

그녀가 말했다.

"다시는 니마를 보고 싶지 않아."

그녀도 내 얼굴을 빤히 보았다.

나는 또다시 고개를 떨구고 말았다.

그녀가 말했다.

"지금 나는 나 좋다는 남자 만나서 시집가고 싶은 생각밖에 없어. 말해봐. 넌 내가 좋아 싫어?"

나는 잠시 생각하고 다시 고개를 들어 말했다.

"널 제일 좋아하는 사람이 니마라는 거 잘 알잖아."

그녀는 냉소를 짓더니 매섭게 말했다.

"나도 알아."

나는 계속 말했다.

"다와가 살아 있을 때, 니마가 나한테 자주 했던 말이 뭔 줄 알아?"

돌마가 물었다.

"뭔데?"

나는 말했다.

"니마는 자주 그랬어. '이 자식이 죽어버리면, 지금 당장에라도 돌마와 결혼할 수 있을 텐데'라고."

돌마는 매우 놀라더니 전혀 예상하지 못했다는 표정으로 나를 바라봤다.

내가 계속 말을 이었다.

"니마는 그저 네 앞에서만 그런 말을 하지 않았던 거야. 그땐 널 잃는 게 두려웠고, 지금은 어떻게든 다와를 잡고 싶은 거겠지. 니마 삶에서 가장 중요한 사람이 너와 다와라는 걸 알아야 해."

돌마는 놀라 입이 조금씩 벌어지면서 나를 쳐다봤다.

나는 말했다.

"얼른 니마한테 가봐. 니마한테 지금 가장 필요한 건 바로 너야."

둘이 함께 집을 나서다가 니마의 말이 떠올라 돌마에게 물었다.

"니마가 죽음의 색을 봤다는 얘기, 너한테도 했어?"

"응, 그때는 계속 그런 이상한 소리만 했어."

"그럼 어떤 색인지 물어봤어?"

"이런 꼴을 당했는데 무슨 기분으로 그런 이상한 걸 물어보겠어?"

갈림길에 도착해서 우리는 헤어졌다. 헤어지기 전에 그녀에게 말했다.

"얼른 가서 니마 곁에 있어 줘."

돌마는 고개를 끄덕이고는 서둘러 발걸음을 옮겼다.

나는 또 말했다.

"좀 지나고 보러 가겠다고 니마한테 전해줘!"

기억 속 두 사람

동짓날엔 날씨가 유난히 추웠다. 다들 꼼짝 않고 집 안에만 있는지 마을 길에는 한 사람도 보이지 않았다. 뜻밖에 엄마 쉬투파엔이 나왔다. 그녀는 맨발로 절뚝거리며 마을의 오솔길을 걷다가 종종 고개를 들어 하늘을 쳐다봤다. 날이 어둑해지더니 검은 먹구름이 몰려와 답답할 정도로 온 하늘을 완전히 뒤덮었다.

엄마 쉬투파엔이 말했다.

"어라? 하늘이 왜 사라졌지?"

몇 년 전인가 마을 사람들이 입을 모아 엄마 쉬투파엔冷措 머리가 고장 나버렸다고 말했다. 엄마 쉬투파엔은 일 년에 딱 두 번 옷을 갈아입었다. 여름부터 겨울이 오기 전까지는 차가운 기운이 소매나 옷깃 사이로 조금이라도 들어올까 두려운 듯 아주 두꺼운 털외투로 자신의 몸을 빈틈없이 꽁꽁 싸맸다.

그 모습을 본 사람들은 박장대소하며 물었다.

"엄마 쉬투파엔, 그렇게 입고 안 더우세요?"

그녀도 웃음을 터트리며 대답했다.

"하나도 안 더워. 이 털외투는 정말 편하거든."

어떤 이들은 고개를 저었고, 어떤 이들은 그저 '하하' 웃어넘겼다.

겨울이 오면 그녀는 털외투를 벗어 던지고는 다른 사람들이 여름에나 입을 얇은 옷을 입고 봄까지 지낸다.

사람들이 그녀의 이런 모습을 보고는 또 박장대소하며 물었다.

“엄마 쉬투파엔, 그렇게 입고 안 추우세요?”

그녀도 웃음을 터트리며 대답했다.

“하나도 안 추워. 이 셔츠는 정말 편하거든.”

결국, 또 어떤 이는 고개를 저었고, 어떤 이들은 그저 ‘하하’ 웃고 넘긴다.

그녀는 겨우내 그저 얇디얇은 셔츠 하나만 입고 있다. 누군가가 회상하길, 처음에는 분명 멀쩡하던 흰색 셔츠가 두 해가 지나자 원래 무슨 색이었는지, 어떤 재질이었는지 불분명해지더니 시간이 흐를수록 원래 색과 재질을 도통 알아볼 수 없게 되었다고 한다.

어느 해 겨울 향촌 간부가 실태 조사차 마을을 찾았을 때였다. 엄마 쉬투파엔의 옷차림을 보고는 마을 촌장을 불러 호되게 꾸짖었다.

“아무도 이 어르신을 돌보지 않습니까?”

“형제도 자식도 없습니다. 혼자 여기에 살고 있죠.”

향촌 간부는 촌장의 말에 깜짝 놀라 입이 벌어진 채 잠시 멍해 있더니 다시 물었다.

“그게 말이 됩니까! 친척도 없어요?”

“없습니다. 확실해요.”

“한겨울에 이런 차림으로 다니는 걸 보고도 마을 위원회는 신경도 안 씁니까?"

"신경 쓰죠. 저희도 항상 먹을 거나 다른 부분은 챙겨드리고 있어요. 그렇다고 마을 위원회에서 일일이 챙겨드릴 수는 없는 노릇 아닙니까?"

"지금 그걸 말이라고 합니까? 말이라고 해요!"

간부의 말에 촌장은 고개를 숙인 채 아무 말도 하지 않았다.

향촌 간부가 말을 이었다.

"됐어요. 이렇게 불쌍한 어르신을 마을에서 안 챙기니, 앞으로는 우리 향촌에서 챙기겠습니다!"

그날 향촌 간부는 촌장댁 솥에서 맛있게 만들어진 양고기도 먹지 않고 씩씩거리며 마을을 떠났다.

며칠 후 엄마 쉬투파엔은 나라에서 의식주와 의료, 장례 다섯 가지 항목을 모두 보장받게 되었다. 마을에서 이런 혜택을 받는 사람은 엄마 쉬투파엔이 유일하다. 다섯 가지 보장을 받게 됐음에도 불구하고, 엄마 쉬투파엔은 옷 두 벌로 일 년을 버티는 습관을 아직도 고치지 못했다. 심지어 여름과 가을에는 더욱 두꺼운 옷을, 겨울과 봄에는 더 얇은 옷을 입었다.

향촌 간부가 상황을 조사하기 위해 다시 마을을 찾았을 때, 마을 촌장은 엄마 쉬투파엔을 그녀 집의 어두운 방에 가두고는 청년 둘을 보내 문 앞을 지키게 했다.

향촌 간부가 엄마 쉬투파엔의 일을 묻자 촌장은 히죽거리며 말했다.

"잘 지내죠. 아주 잘 지냅니다. 당의 정책 덕분에 겨울에는 따뜻하게 두꺼운 옷을 입고, 여름에는 시원하게 얇은 옷을 입게 됐습니다."

간부는 즐거워하면서 말했다.

"다음에 올 때는 그 어르신 집에 가봐야겠으니 안내해주세요."

촌장은 시종일관 "알겠습니다. 꼭 그렇게 하겠습니다."만 반복했다.

간부는 촌장이 일 처리를 잘했다며 칭찬했다.

촌장은 겸손하게 대답했다.

"아닙니다. 당연히 해야 할 일인걸요."

그날 간부는 지난번처럼 바로 돌아가지 않고 촌장댁에 들러 양고기를 먹고 마을 총무가 들고 온 미주도 두 병이나 마셨다.

간부가 돌아간 후, 촌장은 문 앞을 지키고 있던 두 청년에게 즉시 엄마 쉬투파엔을 놓아주게 했다. 엄마 쉬투파엔은 어두운 방에서 빠져나오자마자 실성이라도 한 듯 큰소리로 뭔가 마구 외치기 시작했다. 그렇게 꼬박 사흘 밤낮을 마을 곳곳을 이리저리 뛰어다니며 소란을 피웠다.

마을의 현명한 노인 몇 명이 촌장에게 말했다.

"엄마 쉬투파엔이 이 지경인데 활불을 모셔 와 상태를 좀 봐야 하지 않겠나?"

촌장은 엄숙한 표정으로 대답했다.

"오랜 세월 온갖 풍파를 겪어오신 분들이 어찌 이렇게 깨어 있지 못하십니까? 당원인 저는 이런 일에 동조할 수 없습니다. 하지만 어르신들이 꼭 그렇게 하셔야 한다면 저도 반대는 하지 않겠습니다. 당에서는 종교와 신앙의 자유를 제창하고 있으니까요."

노인들은 말의 의중을 파악했는지 고개를 끄덕였다.

그중 한 노인이 엄마 쉬투파엔에게 찾아가 이 일을 설명했다.

노인은 엄마 쉬투파엔이 평소 손목에 차고 있던 염주가 사라진 것을 알고 이상하게 여겨 즉시 물었다.

"쉬투파엔, 조상 대대로 내려오던 자단목 염주는 어쨌어요? 항상 차고 다녔잖아요."

엄마 쉬투파엔은 잠시 생각하더니 느닷없이 이렇게 말했다.

"염주는 우리 집 쥐가 먹어버렸어요."

노인이 되물었다.

"뭐라고요? 쥐가 먹어요?"

엄마 쉬투파엔은 손가락을 펴 수를 세기 시작했다.

"이미 여러 날 됐어요."

노인은 깜짝 놀라 그녀의 얼굴을 쳐다보았다.

엄마 쉬투파엔이 입을 열었다.

"쥐가 우리 집 검은 고양이를 잡아먹고 갑자기 몸집이 엄청나게 커졌어요. 원래 있던 고양이보다 훨씬 더 커졌어요."

더욱 놀란 노인이 그녀를 가만히 쳐다보았다.

엄마 쉬투파엔은 뜻밖에도 상심한 듯 말했다.

“그 염주도 쥐가 한 알씩 먹어버렸어요. 한 알 먹을 때마다 몸집이 조금씩 커지더니 나중엔 염주를 꿰었던 실까지 먹어버렸지 뭐예요.”

노인은 혼잣말하듯 웅얼거렸다.

“아무래도 더 미루면 안 되겠어. 얼른 활불께 데려가 봐야지.”

엄마 쉬투파엔은 솔깃한 표정을 지었다.

“활불이요?”

“네, 활불이요.”

엄마 쉬투파엔은 마치 생각에 잠긴 듯한 모습이었다.

그 후 노인들은 건장한 마을 청년 몇 명에게 부탁해 엄마 쉬투파엔을 사원의 활불 앞으로 데려갔다.

활불은 엄마 쉬투파엔의 모습을 가만히 보더니 눈을 감고 소리 내 불경을 읊었다.

“전생에 지은 업보 때문에 이렇게 된 거지요. 누구도 고칠 수 없을 것입니다.”

기대에 부풀었던 노인들의 얼굴에 일순간 어둠이 짙게 내려앉았다.

엄마 쉬투파엔이 활불을 보며 말했다.

“누구시더라? 어디서 본 거 같은데.”

노인과 청년들이 엄마 쉬투파엔의 머리를 눌러 활불께 고두를 시키려 했다. 이 모습을 본 활불은 되레 손을 흔들어 엄마 쉬투파엔을 놓아주라고 표시했다.

엄마 쉬투파엔은 풀려나자 금세 조용해졌다.

활불은 불단에서 호신부를 하나 꺼내 옆에 있는 연로한 노인에게 건넸다.

"돌아가서 이걸 목에 걸어주세요. 아마 조금 도움이 될 겁니다."

그날 이후 사람들은 엄마 쉬투파엔의 목에 붉은 호신부가 걸려 있는 모습을 볼 수 있었다. 계절이 아무리 변해도 그녀의 목에는 항상 호신부가 걸려 있었다.

겨울이 다가오던 어느 날 갑자기 추위가 들이닥쳤다. 사람들은 장롱 깊숙이 넣어두었던 두꺼운 솜 외투를 일찍부터 꺼내 입었다. 엄마 쉬투파엔도 얇은 셔츠로 갈아입었다. 소매 한쪽은 어디 갔는지 나머지 한쪽만 덩그러니 남아 있는 셔츠였다. 추운 날씨에도 엄마 쉬투파엔은 오히려 맨발로 온 마을을 뛰어다녔다. 아예 신발도 신지 않았다. 먼발치에서 그 모습을 보고 있던 사람들은 조금 걱정스레 엄마 쉬투파엔의 상태가 더 나빠진 것 같다고 말했다.

동짓날엔 날씨가 유난히 추웠다. 다들 꼼짝 않고 집 안에만 있는지 마을 길에는 한 사람도 보이지 않았다.

뜻밖에 엄마 쉬투파엔이 나왔다.

그녀는 맨발로 절뚝거리며 마을의 오솔길을 걷다가 종종 고개를 들어 하늘을 쳐다봤다. 날이 어둑해지더니 검은 먹구름이 몰려와 답답할 정도로 온 하늘을 완전히 뒤덮었다.

엄마 쉬투파엔이 말했다.

"어라? 하늘이 왜 사라졌지?"

그 말에 먼발치에 있던 한 중년 남자가 답했다. 그는 초라하게 옷 한 벌만 걸친 채 자기 집 담 옆에서 부들부들 떨고 있었다.

"하늘은 먹구름이 집어삼켰어요."

높은 담장 옆에 서 있는 남자는 아주 작아 보였다.

엄마 쉬투파엔이 말했다.

"당신은 왜 그렇게 작죠?"

중년 남자이 말했다.

"이쪽으로 오면 내가 커질 거예요."

엄마 쉬투파엔은 남자가 있는 곳으로 걸어갔다.

"그러네요. 정말 커졌네요."

중년 남자는 '헤헤' 웃었는데 어째 그 모습이 조금 험상궂게 보였다.

엄마 쉬투파엔도 무서웠는지 뒤로 물러서서 그를 보며 말했다.

"당신 웃는 모습이 왜 그렇게 늑대 같죠?"

중년 남자가 말했다.

"진짜 늑대처럼 웃을 수 있으면 좋겠네요."

엄마 쉬투파엔은 하늘을 올려다보더니 말했다.

"아, 이제 알았어요. 알고 보니 먹구름도 웃고 있던 거였네요. 먹구름이 늑대 이빨처럼 생겼어요."

중년 남자는 하늘을 올려다보더니 다시 엄마 쉬투파엔을 보았다. 그러더니 담장 쪽으로 물러서서 아무 말이 없었다.

엄마 쉬투파엔은 큰 소리로 웃으며 말했다.

"저 먹구름이 입을 크게 벌려 우리를 잡아먹을 거예요. 온 마을 사람들을 한입에 전부 집어삼켜버릴 거라고요."

중년 남자가 말했다.

"엄마 쉬투파엔, 열 안 나요?"

"안 나요."

"그럼 얼굴이 왜 그렇게 빨갛죠?"

"못 견딜 정도로 더운걸요."

중년 남자는 엄마 쉬투파엔의 얼굴을 쳐다보며 말했다.

"왜 못 견딜 정도로 덥죠?"

엄마 쉬투파엔은 잠시 생각하더니 대답했다.

"아까 집에서 나오기 전에 양머리를 고아 만든 국을 먹었거든요. 어찌나 맛있던지!"

"양머리는 어디서 났어요?"

엄마 쉬투파엔은 '히히'거리며 웃더니 말을 이었다.

"훔쳤죠. 어제 이웃집에서 양을 잡았는데 양머리를 문기둥에 걸어놨더라고요. 그걸 훔쳐다가 껍질을 벗기고 푹 고아서 먹었어요."

중년 남자가 웃기 시작했다.

엄마 쉬투파엔은 계속 말했다.

"당신, 지금 추워서 떠는 것 같은데 양머리 국 한 그릇 먹어요. 우리 집에 아직 한 솥 가득 남아 있어요."

"전 됐어요. 놔뒀다 드세요."

"당연히 먹어야죠. 전부 다 먹으려면 보름은 족히 걸릴 거예요."

"나중에 우리 집에서 양을 잡으면 그 양머리도 드릴게요. 또 끓여 드세요."

엄마 쉬투파엔은 웃으며 말했다.

"그럼 앞으로 삼십 일은 양머리 국을 먹을 수 있겠네요."

중년 남자는 '하하하' 웃기 시작했다.

엄마 쉬투파엔이 갑자기 말했다.

"웃지 마세요. 먹구름이 다시 하늘을 물려고 해요. 크게 베어 물 거예요."

순간 중년 남자는 웃음을 멈추고 엄마 쉬투파엔의 얼굴을 쳐다봤다.

엄마 쉬투파엔은 기이한 표정으로 물었다.

"못 들었어요? 아까 '우지끈' 하는 소리가 났어요. 늑대가 양 목을 물고 비틀 때 나는 것 같은 소리요."

중년 남자는 조금 무서워하며 하늘을 쳐다보더니 귀를 하늘에 대고 자세히 소리를 들었다. 아무 소리도 들리지 않자 손으로 귀를 한 차례 때린 후, 계속 하늘에 귀를 대고 소리를 들었다.

엄마 쉬투파엔이 물었다.

"지금 뭐 해요?"

중년 남자가 대답했다.

"먹구름이 하늘을 무는 소리를 들으려는 거예요."

엄마 쉬투파엔이 웃으며 말했다.

"아까 한 번 물고는 끝이에요. 지금 안 물어요."

"어쩐지, 그래서 못 들은 거였군요."

"이따 또 물면 미리 알려줄게요."

"어르신은 먹구름이 언제 하늘을 물지 알 수 있어요?"

"난 알아요."

"어떻게요?"

"그건 나도 잘 모르겠어요."

중년 남자는 이상한 표정으로 엄마 쉬투파엔의 얼굴을 뚫어지게 쳐다보았다.

엄마 쉬투파엔이 말했다.

"보지 마세요."

"왜요?"

"그렇게 보고 있으니까 남자가 여자를 보고 있는 거 같잖아요."

중년 남자가 웃으며 말했다.

"설마, 난 남자도 아니란 거예요? 지금 남자가 여자를 보고 있는 거 맞아요."

"그런 말이 아니에요. 이게 어떤 모습인지 생각났어요. 마치 아주 오래전 내 남편이 나를 볼 때와 같은 거예요."

중년 남자는 웃으며 엄마 쉬투파엔 앞으로 다가왔다.

"알았어요. 안 볼게요. 그럼 지금부터 어르신이 저를 보세요."

"나도 그렇게 남자 얼굴을 보지 않을 거예요."

중년 남자는 엄마 쉬투파엔의 말에 신경 쓰지 않았다.

"제가 누군지 아세요?"

엄마 쉬투파엔이 대답했다.

"누군지 몰라요."

"같은 마을에 사는 사람인데."

"잘 모르겠어요. 난 아는 사람이 한 명도 없어요."

"우리가 먼 친척이래요."

"난 모르겠어요."

"우리 아빠의 엄마의 엄마의 여동생하고 어르신 엄마의 아빠의 아빠의 형이 배다른 남매라고 하던데요."

"잘 모르겠어요."

"친척 맞아요. 어르신들이 자주 말씀하셨거든요."

엄마 쉬투파엔이 말했다.

"난 아버지 이름도 기억나지 않는걸요."

"그럼 어머니 이름은요?"

"그것도 기억 안 나요."

"헤헤, 정말 이상한 분이시군요."

엄마 쉬투파엔이 말했다.

"난 이상한 사람이 아니에요. 그냥 많은 일이 기억나지 않을 뿐이에요."

"자기 부모님 이름도 기억 못 하는데, 그래도 이상한 사람이 아니에요?"

엄마 쉬투파엔은 부들부들 떨었고 기괴한 표정이 얼굴을 가득 덮었다. 그녀는 손짓으로 중년 남자의 말을 막더니 이내 목소리를 낮추고 말했다.

"서둘러요, 먹구름이 또 하늘을 물려고 해요."

중년 남자도 말을 멈추고 다시 한번 손으로 귀를 때렸다. 그리곤 다시 먹구름으로 가득한 하늘에 갖다 댔다.

중년 남자는 이 자세로 일 분 넘게 있었다.

엄마 쉬투파엔이 말했다.

"이번엔 들었죠? '우지끈' 하는 소리가 아까보다 훨씬 컸잖아요."

중년 남자는 몸을 곧게 펴더니 실망한 듯 입을 열었다.

"뭐라고요? 벌써 물었어요?"

"진작 물었죠, 아까보다 훨씬 더 많이 물어서 피도 엄청 많이 흘렸다고요."

중년 남자는 실망한 기색이 역력했다.

"전 이런 운은 없나 봐요."

"많이 추운가 봐요? 얼굴이 돼지 간처럼 변했네요. 근데 왜 밖에 나와 있어요?"

중년 남자의 얼굴에 슬픈 표정이 드리우더니 "에잇" 하는 외마디를 내뱉었다.

엄마 쉬투파엔이 말을 이었다.

"집에 틀어박혀 있으면 얼마나 좋아요. 보세요. 밖에 한 사람도 없잖아요. 이런 날에는 애들도 나오지 않는다고요."

중년 남자는 한숨을 내쉬더니 입을 열었다.

"에잇, 마누라한테 쫓겨났어요."

엄마 쉬투파엔은 '히히' 거리며 웃었다.

중년 남자가 다시 말했다.

"기분도 안 좋은데 왜 비웃어요?"

"비웃는 게 아니에요. 나도 예전에 비슷한 행동을 한 적이 있거든요."

"어르신은 제 아내가 누군지 아세요?"

"몰라요."

"제 아내는 예전에 이 주변에서 제일 예쁜 여자였어요."

"복이 많은 남자군요."

"어르신도 예전에 미인이셨다고 다들 그러시던데요."

엄마 쉬투파엔은 여자아이처럼 부끄러워하며 웃더니 말을 이었다.

"뭐가 예전이라는 거예요? 지금도 예뻐요."

중년 남자가 맞장구를 쳤다.

"맞아요. 지금도 미인이세요."

엄마 쉬투파엔은 또다시 부끄러워하며 웃었다.

중년 남자는 고개를 저으며 말했다.

"아름다운 여자를 아내로 맞이한 게 너무 후회돼요."

엄마 쉬투파엔이 그를 뚫어지게 쳐다보았다.

"아름다운 여자에게 장가가놓고 그렇게 생각하면 안 되죠."

말문이 막힌 중년 남자가 핑곗거리라도 찾는 듯 하늘을 올려다보며 말했다.

"먹구름이 또 하늘을 물까요?"

엄마 쉬투파엔도 하늘을 올려다보며 말했다.

"그렇지는 않을 것 같아요. 하늘도 조금 화가 났거든요. 더는 참지 않을 거예요."

중년 남자가 이해할 수 없다는 듯 물었다.

"참지 않는다는 게, 무슨 말이에요?"

중년 남자는 그 이상 하늘과 먹구름 얘기를 꺼내지 않고 그저 엄마 쉬투파엔의 얼굴만 쳐다보았다.

"어르신 얘기 좀 해봐요. 아무것도 기억하지 못하신다고 했죠? 그럼 생각나는 건 있어요?"

"아무것도 없어요."

"두 사람은 기억하고 있는 거 아니에요?"

"아, 두 사람을 말하는 거였어요? 그럼요. 기억하죠. 제가 유일하게 기억하는 건 두 사람뿐인걸요."

중년 남자가 다시 물었다.

"왜 두 사람뿐이에요?"

"나도 모르겠어요. 그냥 두 사람만 떠올라요. 두 사람은 세상에서 제일 행복한 사람이죠."

중년 남자는 기운이 없어 보였지만 쉬지 않고 계속 질문을 퍼부었다.

"그 두 사람이 누구죠?"

엄마 쉬투파엔의 눈에서 빛이 반짝거렸다.

"내 남편하고 아들이요."

"남편분하고 아들 이름 기억나요?"

엄마 쉬투파엔의 얼굴이 더욱 붉어졌다.

"그럼요, 당연히 기억하죠. 그걸 어떻게 잊어버리겠어요?"

"이름이 뭔데요?"

"남편 이름은 콘바비交巴太고 아들 이름은 니마비尼玛太예요. 아들 이름은 남편이 지었어요."

"어떻게 그 이름은 제대로 기억해요?"

"모르겠어요."

"정말 이상한 분이시네요."

엄마 쉬투파엔은 수줍게 웃었다.

중년 남자는 갑자기 뭔가 발견한 듯 엄마 쉬투파엔의 목을 보며 물었다.

"활불께 받은 부적은 어디 갔어요?"

엄마 쉬투파엔은 조금 낙담한 듯 말했다.

"사라졌어. 우리 집 큰 쥐가 먹어치운 게 분명해요."

"뭐라고요?"

엄마 쉬투파엔은 망설이지 않고 말했다.

"며칠 전에 우리 집 쥐가 내 부적을 목에 걸고 이리저리 뛰어다니는 걸 봤어요. 쥐를 잡으려고 계속 쫓아다녔는데, 아무리 쫓아도 잡지 못하겠더라고요. 근데 오늘 아침에 보니까 쥐가 걸고 있던 부적이 사라졌어요. 먹어치운 게 분명해요."

중년 남자는 흥흥거리며 괴상한 웃음소리를 내더니 아무런 대꾸도 하지 않았다.

"그 부적 아주 쓸 만했어요. 그걸 목에 걸고 있으면 몇 번이고 남편과 아들 꿈을 꿨거든요. 근데 쥐가 훔쳐간 다음부터는 전혀 꿈을 꾸지 못했어요."

중년 남자는 계속 흥흥 괴상한 소리를 내며 웃다가 이윽고 웃음소리가 더욱 커졌다.

엄마 쉬투파엔은 돌연 숨을 죽이고 먹구름으로 가득한 하늘을 보며 말했다.

"하늘이 다른 소리 내는 거 들었어요?"

중년 남자는 괴상하게 웃던 것을 멈췄다.

"어떤 소리요?"

엄마 쉬투파엔은 신비로운 말투로 말했다.

"묵직하고 낮은 소리가 구름 사이에서 메아리치고 있어요. 경운기 소리랑 비슷한 거 같아요."

중년 남자는 다시 귀를 하늘에 대고 집중하여 소리를 들었다.

멀지 않은 담장 안에서 날카로운 여자의 목소리가 날아들었다.

"TV 화면에 아무것도 안 나오잖아! 들어와서 고쳐놓고 다시 나가!"

중년 남자는 바로 몸을 일으키더니 히히거리며 웃었다.

"들어가 봐야겠어요."

"내 남편하고 아들 얘기 좀 듣고 가요."

"안 돼요. 이미 여러 번 들었잖아요."

"그럼 이따 다시 쫓겨나면 그때 얘기해줄게요."

중년 남자는 여전히 히히거리며 웃고 있었다.

"아마 다시 쫓겨나진 않을 거예요."

말을 마치고 중년 남자는 아이처럼 깡충깡충 뛰어 담장 옆의 좁고 작은 문 안으로 뛰어 들어가더니 이내 시야에서 사라졌다.

엄마 쉬투파엔은 멍하니 굳게 닫힌 좁고 작은 문을 보며 혼잣말을 웅얼거렸다.

"오늘은 왜 아무도 내 얘기를 들어주지 않지?"

하늘에 거위 털 같은 눈이 일기 시작했다.

허공을 빼곡하게 메운 눈송이가 흩날리기 시작했다. 거위 털보다 큰 눈송이였다.

눈송이가 온 대지를 가득 덮었고 엄마 쉬투파엔은 맨발로 그 위에 서 있었다. 그녀의 얼굴이 더욱 불그스름해졌다.

엄마 쉬투파엔은 고개를 들고 눈송이로 가득한 하늘을 바라봤다.

"결국 못 참았구나. 내가 그럴 줄 알았어."

그리곤 그녀는 또 '히히' 두 번 웃었다.

해설

티베트의 이야기꾼 페마체덴, 그리고 활불, 돌마, 이방인의 유비(allegory)들

임대근(한국외대 교수, 문화콘텐츠비평가)

1

페마체덴을 처음 만난 건 여러 해 전 부산영화제에서였다. 〈오색신검〉(五彩神箭, 2014)이라는 그의 영화가 상영되고 있었다. 티베트의 오랜 전통인 활쏘기 대회를 둘러싼 우정과 사랑 이야기였다. 그는 소년처럼 맑은 얼굴로 나타났다. 내친 김에 그가 감독한 다른 영화들을 보고 싶었다. 마침 홍콩침회대학(Hong Kong Baptist University) 제시카 영(Jessica Yeung) 교수가 감독의 영화를 한국에 소개하는 행사를 만들어 보면 어떻겠냐는 제안을 해 온 터였다.

나는 바삐 움직였다. 작더라도 감독의 전작을 볼 수 있는 영화제를 열어보고 싶었다. 새로운 중국영화에 목말라 있는 우리

관객에게 더 좋을 수 없는 기회가 되리라 생각했다. 영화를 전해 받고, 자막을 만들고, 극장을 빌리고, 홍보물을 제작했다. 그리고 나는 페마체덴을 위한 '선전 · 선동가'가 됐다.

2015년 1월 10일과 11일, 이틀 동안 서울아트시네마에서 "티벳영화: 페마체덴 특별전"이 열렸다. 〈초원〉(단편: 草原, 2005), 〈성스러운 돌〉(단편/장편: 靜靜的嘛呢石, 2005), 〈나팔바지 휘날리던 1983년〉(喇叭褲飄揚在一九八三, 2009), 〈쿤덴을 찾아서〉(尋找智美更登, 2009), 〈올드독〉(老狗, 2011), 〈오색신검〉 등 모두 7편이 관객을 만났다. 여러 제약으로 고작 한 번씩밖에 상영되지 못했지만, 반응은 자못 뜨거웠다. 연인원 300명이 넘는 관객이 그와 그의 영화를 보기 위해 극장을 찾았다.

새로운 중국영화에 대한 관심, 국내에서는 처음 열렸던 티베트 영화에 대한 관심, 티베트라는 역사적 · 문화적 공간에 대한 관심 때문이었을 터다. 영화제 앞뒤로 우리는 많은 이야기를 나눴다. 영화, 중국, 티베트, 중국영화, 페마체덴 개인의 삶이 모두 대화의 주제였다. 그리고 나는 페마체덴을 조금 더 이해할 수 있게 됐다.

2

페마체덴은 1969년 12월에 태어났다. 중국어 이름은 완마차이단(萬瑪才旦). 이 이름은 티베트어의 발음을 비슷하게 빌린

음역일 뿐이다. 중국에서는 모두 그를 '완마차이단'이라고 부르지만, 티베트어에 더 가까운 발음은 페마체덴(Pema Tseden)이다. 1959년 미국의 티베트 연구자 터렐 와일(Turrell V. Wylie) 워싱턴대(University of Washington) 교수가 창안한 '와일 표기법'을 따르면 '패드마체브르탄'(Padmatshebrtan)이 된다. 티베트 문자로는 པད་མ་ཚེ་བརྟན།라고 쓴다.

우리는 두 겹 세 겹의 껍질을 지나서야 페마체덴의 원래 이름과 만나게 된다. 그건 마치 티베트 문화가 존재하는 방식과도 같다. 그 고갱이는 때로 낯선 로마자 알파벳과 같은 껍질에 둘러싸여 있다. 중국어라는 껍질은 티베트 문화를 만나는 길목에서 가장 두껍고 단단한 껍질이다. 노파심에 한 가지만 더 짚고 넘어가자. 티베트 사람들은 성을 따로 쓰지 않는다. 페마체덴은 마치 '페마'라는 성과 '체덴'이라는 이름으로 이뤄진 것 같지만, 그렇지 않다. 페마체덴은 통째로 그의 이름일 뿐이다.

페마체덴은 중국 칭하이성(青海省) 하이난티베트족자치주(海南藏族自治州)에서 태어났다. 남동생과 여동생을 하나씩 둔 맏이였다. 할아버지는 전통 티베트 불교 닝마파(寧瑪吧)의 승려였다. 할아버지는 주로 재가 수행을 했다. 늘 독경을 했고, 다양한 불교의 의례를 잘 이해하고 있었다. 어린 시절 할아버지를 곁에서 본 그의 경험은 고스란히 소설 속에 스며들었다. 문화대혁명의 와중에 태어난 그는 '동란'이 끝나갈 무렵 소학교에 들어갔다. 문혁은 어린 시절 아슴푸레한 기억으로 남아 있다.

대학을 들어가기 전에 이미 소학교 교사로 학생들을 가르쳤다. 티베트어와 중국어, 수학 등 무엇이든 가르쳐야 했다. 그때 경험 역시 소설의 기반이 됐다. 서북민족대학에서는 티베트어 문학을 전공했다. 1991년, 대학 1학년 때부터 소설을 쓰기 시작했다. 처녀작 「사람과 개」(人與狗)를 바로 그해 문학잡지 『티베트문학』(西藏文學)에 발표했다. 이야기꾼은 그때 탄생했다. 그는 이야기에 목말라 있었다.

대학을 졸업하고서는 공무원을 지냈다. 노동과 인사 분야의 일이었다. 정말 다양한 노동계약서에 도장을 찍었다. 그러면서 줄곧 소설을 썼다. 1997년에는 단편 「유혹」(誘惑)을 썼다. 그 뒤에도 「눈」(崗, 1999)*, 「거지」(乞丐, 2001), 「초드론과 그녀의 아들 로텐」(切忠和她的兒子羅丹, 2004) 등을 발표했다.

이 작품들은 티베트자치주가 주관하는 여러 문학상들을 휩쓸었다. 이야기꾼으로서 그의 재능은 진작 확인됐다. 이 소설들은 대부분 그의 첫 단편집 『유랑가수의 꿈』(流浪歌手的梦, 2011)에 실려 있다. 이야기에 대한 그의 열망은 티베트에서 내려오는 민담에까지 타올랐다. 『티베트: 다하지 못한 이야기』(西藏: 说不完的故事, 2014)는 중국어로 번역, 출판한 티베트 민담집이다.

그는 자신의 이야기를 영화로 만들겠다는 꿈을 꾸었다. 티베트를 떠나 베이징으로 날아갔다. 영화를 배우려면 아무래도 베

* 이 소설의 원제 '崗'은 티베트어로 '눈'(雪)이라는 말의 발음을 한자로 적은 것이다.

이징영화대학에서 수학해야만 했다. 최초의 티베트인 학생으로서 베이징영화대학을 다녔다. 그리고 영화감독이 됐다. 처음으로 연출한 단편 〈성스러운 돌〉은 대학생영화제 제4회 단편 세션, 극영화 부문에서 우수상을 수상했다. 다큐멘터리에도 도전했다. 〈마지막 날씨 주술사〉(最后的防雹师, 2004), 〈삼예사〉(桑耶寺, 2007), 〈카토크대법회〉(嘎陀大法會, 2007), 〈바옌카라의 눈〉(巴颜喀拉的雪, 2008) 등을 잇달아 찍었다. 이야기를 펼치는데 장르나 미디어는 중요하지 않았다. 〈천년 보살의 길〉(千年菩提路, 2010)은 다큐멘터리 방식으로 중국 불교의 역사를 알리는 텔레비전 기획물이었다. 연작 중에서 티베트 불교 부분을 연출했다.

페마체덴에게 영화와 소설은 그저 이야기의 다른 도구일 뿐이었다. 그는 영화를 찍으면서도 줄곧 소설을 썼다. 아니, 소설을 써야 영화를 찍을 수 있었다. 그의 영화는 대부분 자신이 쓴 소설에서 연유한 이야기들이다. 최근작 〈타를로〉(塔洛, 2015)를 찍은 뒤에는 동명의 소설 제목을 표제로 하는 단편집을 출판(2016)하기도 했다. 이미 발표했던 단편「타를로」를 중심으로 새로 엮은 소설집이다. 올해에는『부딪혀 죽은 양 한 마리』(撞死了一只羊, 2018)라는 단편집을 새로 냈다. 소설이 나왔다는 건 머지않아 그의 새 영화가 나온다는 뜻이기도 하다. 그러므로 페마체덴을 이해하기 위해서는 소설과 영화를 함께 읽고 보아야 한다. 그의 소설을 우리말로 옮겨야겠다는 기획도 바로 그때 시작됐다.

3

그리고 여기 『마니석, 고요한 울림』(嘛呢石, 静静地敲, 2014)이 있다. 그의 두 번째 단편집이다. 모두 10편의 소설이 실려 있다.

이야기는 티베트의 한가한 마을에서 일어난다. 거기엔 티베트 사람들의 삶이 있다. 부모가 있고, 친구가 있고, 사랑이 있고, 라마가 있고, 양치기가 있다. 그 삶은 막연한 초월이 아니다. 성스러운 삶도 아니다. 만남이 있고, 떠남이 있고, 스침이 있고, 아쉬움이 있다. 거기에도 여느 곳처럼 사람들의 삶이 있다.

「아홉 번째 남자」는 티베트 사람들의 온갖 형상을 잘 보여준다. 용우파엔은 자신의 아홉 번째 남자에게 그동안 만났던 여덟 남자에 관한 이야기를 들려준다. 환속한 승려, 여자에게 버림받은 남자, 산호 장사꾼, 트럭 기사, 잘생긴 남자, 양치기 소년, 마을 싸움꾼, 외동아들이 그들이다. 아홉 번째 남자는 소학교 선생님이다. 이들은 그 호칭만으로는 그럴듯한 인물들이지만, 모두 무언가 결핍을 안고 살아간다.

승려는 용우파엔을 만나 사랑을 나누고 파계를 한다. 여자에게 버림받은 남자는 보상 심리로 용우파엔에게 접근하지만, 옛 여자가 다시 찾아오자 떠나버린다. 산호 장사꾼은 산호를 좋아하는 용우파엔의 마음을 이용해 그녀를 얻는다. 트럭 기사는 용우파엔에게 어디론가 떠나자고 말한다. 잘생긴 남자는 용우파엔의 산호 목걸이를 훔쳐 간다. 양치기 소년은 고아였는데 용우파엔에 대한 성욕이 끓어 넘쳤다. 마을 싸움꾼은 겉보기엔 강한 남자여서 양치기 소년에게서 용우파엔을 구해주지만, 밤에는 무능했다. 용우파엔은 외동아들과 사이에서 아들을 낳았지만, 곧 죽고 만다. 용우파엔은 소학교 선생님에게 여덟 남자 이야기를 들려준다. 평소엔 아무렇지도 않은 듯 대범한 척하는 소학교 선생님은 술에 취하기만 하면 이전 남자들과의 경험을 묻는다. 용우파엔은 결국 아홉 번째 남자를 떠난다.

이야기는 티베트에서 일어났지만, 사실은 우리 모두의 삶에 관해 말한다. 용우파엔이 만난 남자들은 우리의 삶을 적나라하게 보여주는 유비(allegory)다. 인생은 종교, 사랑, 재물, 타향, 외모, 섹스, 권력, 자식, 지식을 추구한다. 인생은 용우파엔처럼 이들에게 서슴없이 자신의 몸을 내어준다. 인생이 그렇게 이들을 좇을 때, 이들은 우리를 속인다. 그리고 뒤도 돌아보지 않고 우리를 떠나간다.

> 용우파엔이 자신의 첫 번째 남자 이야기를 하나도 숨김없이 아홉 번째 남자에게 말하자, 아홉 번째 남자는 미소를 지으며 말했다. "그게 바로 남녀가 서로 끌리는 이유야. 아무리 막으려고 해도 막을 수 없는 거지. 나도 그래서 너를 만나게 된 거고." (「아홉 번째 남자」)

아홉 번째 남자의 말처럼 인생은 자신이 추구하는 욕망에 자연스럽게 끌린다. 그 욕망은 "아무리 막으려고 해도 막을 수 없"다. 그러나 욕망의 충족은 곧 이별이며 배신이자 파국이다. 인생이 욕망에서 스스로 벗어날 때, "길게 땋은 머리카락 두 벌 가지런히" 남기고 그들을 떠나갈 때, 비로소 자유를 얻게 된다. 페마체덴의 소설은 이렇게 온 삶과 세상의 유비들로 가득 차 있다.

「낯선 사람」은 또 다른 유비를 보여준다. 어느 날 홀연히 마을에 나타난 이방인은 '돌마'를 찾는다. 그는 자신이 생각한 '돌마'를 찾고 싶어 한다. 마을에 사는 돌마들이 하나씩 나타난다. 그는 돌마가 나타날 때마다 100위안씩을 준다. 그러나 결국 그가 원하는 돌마는 나타나지 않고 그는 다시 홀연히 떠난다.

> 그 후 몇 명의 돌마가 더 찾아왔다. 뚱뚱한 돌마, 홀쭉한 돌마, 키 큰 돌마, 키 작은 돌마, 늙은 돌마, 어린 돌마, 예쁜 돌마, 못생긴 돌마…… 모든 종류의 사람이 다 있었다. (「낯선 사람」)

소설에는 모두 21명의 돌마가 등장한다. 그러나 그가 원하는 돌마는 나타나지 않는다. 소설은 마치 영화의 미스터리 장르처럼 이야기를 풀어나간다. 정체를 알 수 없는 이방인, 까닭을 알 수 없는 돌마 찾기, 온통 한 가지 문제에 매몰되는 마을 사람들, 그리고 문득 사라져 버리는 이방인. 페마체덴은 독자에게 구체적인 정보를 주지 않는다. 맥락(context) 없는 이야기만 제시된다. 페마체덴의 이야기는 무맥락주의(non-contextualism)에 가깝다. 이야기는 자신의 기원과 결과를 명시적으로 제시하지 않는다. 이야기는 마치 우리 삶의 어느 한 부분을 무심코 떼어내 보여주는 것처럼 펼쳐진다.

이건 전통적인 소설 기법이 아니다. 익히 알고 있는 소설에선, 인물이 등장하고, 갈등이 발생하고, 갈등이 고조되고, 다시 그것이 해소되는 일련의 과정을 거친다. 갈등은 인물과 인물 사이에 위치하기도 하고, 인물 내면에 위치하기도 하지만, 어떻든 이야기는 어떤 시간과 공간 속에 몰입되는 게 보통이다.

페마체덴의 소설은 인물이 앞선다. 사건과 갈등은 내면에서 일어난다. 손에 땀을 쥐는 흥미진진한 소설이 아니다. 우리는 그의 소설을 읽으며 "그 다음은 어떻게 됐을까?" 하고 묻지 않는다. 오히려 소설의 어느 행과 행 사이에 멈춰서 잠시 사색에 잠긴다. 내면적 사건의 발생 때문에 그 인물에 주목하게 된다. 그리고는 "돌마는 과연 누굴까?" 하고 묻게 된다.

표제작 「마니석, 고요한 울림」은 어디선가 들려오는 마니석 두드리는 소리에 르싸네가 귀를 기울이는 사건으로 시작한다. 문득 바깥에서 벌어지는 사건을 동기로 이야기가 흘러가는 듯하다. 이야기는 이내 돌아가신 아버지와 어머니, 조각공을 꿈속으로 불러낸다. 죽은 조각공이 어머니와 아버지를 위해 마니석에 육자진언을 새기는 행위를 통해, 아들 르싸네는 부모의 죽음에 대한 의례를 치른다. 그는 취한 상태, 꿈꾸는 상태에서 만나는 소리와 사람들을 통해 의례를 완성한다. 그 소리는 결국 아버지와 어머니의 극락왕생을 기원하는 르싸네 자신이 꾸며낸 마음의 염원인 셈이다. 내면의 사건을 판타지로 솜씨 좋게 풀어낸 이야기다.

「붉은 천」은 티베트 소학교 꼬마 아이들의 일상을 그린다. 학교와 마을에서 벌어지는 또래 집단의 놀이와 사귐이 소박한 필치로 이어진다. 특별한 사건이랄 것도, 갈등이랄 것도 없는 그저 그런 아이들의 그저 그런 놀이를 따라간다. 가장 순박한 삶에 대한 동경과도 같은 이야기가 펼쳐진다. 거기엔 아직 어른들의 세계를 맛보지 않은, 티베트 바깥의 세계를 겪어보지 않은 삶이 있다. 라디오를 인공위성으로 믿고 있는 소년들의 삶을 읽다 보면, 아등바등 대립과 갈등을 내세우는 어른의 세계가, 티베트 바깥의 세계가 부끄러워진다. 페마체덴은 그렇게 우리가 처한 사건과 갈등의 크기가 소년들의 세계에서는 도저히 상상할 수 없는 정도임을 보여준다. 소년들의 세계 속 갈등은 고작 티격태격하는 정도에 지나지 않기 때문이다.

페마체덴의 이야기는 마무리를 통해 어떤 암시를 주곤 한다. "돌마는 과연 누굴까?" 하는 물음에 대한 답은 마지막에 제시된다. 티베트의 대표적인 여자 보살 이름이기도 한 돌마는 세상천지 어느 곳에나 있다. 낯선 이방인이 떠나고, 매점 판매원 돌마가 떠나 버린 곳에서 새로운 생명이 태어난다. 그 아이의 이름도 여지없이 돌마다. 그토록 찾기를 원하는 욕망의 끝인 돌마는 우리 삶의 처처에 자리하고 있다. 티베트의 세계를 이해하지 못한 이방인은 결국 자신의 돌마를 찾지 못하고 홀연히 떠나가지만, 거기엔 벌써 스물한 명의 돌마가 있었다. "모든 종류"의 돌마였다. 세상을 이해 못하는 우리는 "모든 종류"의 추구가 바로 우리 옆에 있음에도 불구하고, 그길 알아채지 못하고 새로운 추구를 향해 나아간다. 우리는 세계도 돌마도 얻지 못하는 어리석은 중생으로 살아가게 된다. 페마체덴의 소설은 그렇게 우리의 삶을 유비한다.

4

페마체덴 단편집에는 수많은 형상이 등장한다. 그러나 이들을 대표하는 인물은 셋으로 모아볼 수 있다. 바로 활불, 돌마, 이방인이다.

'활불'은 「마니석, 고요한 울림」, 「우겐의 치아」, 「기억 속 두 사람」에 등장한다. 활불은 티베트의 전통을 대표한다. 티베트의 고유한 역사와 문화의 정점에 활불이 있다. 그러나 활불은 고상한 체하는 존재가 아니다. 활불은 언제나 티베트 사람들 곁에서 그들이 맞닥뜨린 문제를 함께 고민하고 걱정하는 인자한 존재다.

「마니석, 고요한 울림」에서 '활불'은 "자식도 친척도 없"이 돌아가신 조각공 노인을 위해 "직접 오셔서" 경을 읊어주기도 하며, 르싸네와 테엔젠이 술고래라는 사실도 "미소를 지으며" 받아들이고, 그들이 주워 온 마니석을 보고 "신기하다는 듯" 질문을 던지기도 하고 "눈이 휘둥그레"지기도 하며 "조각공 노인을 위해 했던" 자신의 제도가 "큰 효과가 없었나"보다며 자책하기도 하며, "육자진언이 새겨진 마니석"을 보고 "너무 기뻐 입을 다물지 못"하기도 한다. 활불은 그렇게 티베트 사람들과 아무런 거리낌 없이 희로애락을 같이하며 소통하는 존재다.

「우겐의 치아」에서 활불은 심지어 저 멀리 있는 초월적 존재가 아니라 "내 소학교 친구"이기도 하다. 활불은 '나'를 절로 불러 스스럼없이 소학교 시절 수학을 잘하지 못했던 옛 추억을 나누기도 한다. 그러나 티베트 사람들이 마냥 활불을 편하게 대하는 것만은 아니다.

> 우겐이 활불로 인정을 받은 후, 마을에는 우겐의 출생에 관한 여러 가지 기이한 이야기가 전해졌다. 뭐 겨울에 과일나무에서 꽃이 폈다거나, 무슨 맑은 날 갑자기 천둥이 쳤다거나, 만 리가 보일 만큼 청명한 하늘에 무지개가 떴다는 둥 과학으로 설명할 수 없는 수많은 기묘한 현상들이었다. 이런 말을 전부 믿는 것은 아니지만, 완전히 못 믿는 것도 아니다. 나와 우겐은 특별한 사이였기 때문에 후에 일부 사람들이 어린 시절 우겐에게 남다른

점이 없었는지 나에게 물어 왔다. 수학 시험을 볼 때마다 과락한 것을 빼고는 내 기억 속의 우겐은 다른 사람과 별반 다르지 않았다. (「우겐의 치아」)

'나'는 우겐, 그러니까 활불의 소학교 친구이면서도 "나도 모르는 사이 자연스럽게 경외감 같은 게 생긴"다. 수학을 잘 하지 못했던, 너무나도 인간적인 활불은 문득 '원적'을 하고 만다. 사원의 스님들은 우겐을 위해 불탑을 세우고 거기에 치아를 모시기 위해 어린 시절 우겐이 살았던 집 지붕 위로 던져진 유치를 찾아온다. 그렇게 모은 치아는 58개였다. 이야기는 우겐의 친구였던 '나' 또한 어린 시절 우겐의 집에서 유치를 뺀 뒤 그 지붕 위로 던졌다는 사실을 일러준다. 그러니 우겐과 활불, 그리고 '나'는 의도했든 그렇지 않든 합일이 된 셈이다. 사람들이 아무리 지나친 의례와 경외심으로 활불을 모신다 해도, 활불은 그렇게 '나'가 되고, '나'는 그렇게 활불이 된다.

「기억 속 두 사람」에서는 더 나아가 활불은 세상의 문제를 전혀 해결하지 못하는 형상으로 그려지기도 한다. '엄마 쉬투파엔'은 반미치광이처럼 살아간다. 마을 사람들은 그녀를 활불 앞으로 데려간다.

활불은 엄마 쉬투파엔의 모습을 가만히 보더니 눈을 감고 소리 내 불경을 읊었다.

"전쟁에 지은 업보 때문에 이렇게 된 거지요. 누구도 고칠 수 없을 것입니다."

기대에 부풀었던 노인들의 얼굴에 일순간 어둠이 짙게 내려앉았다.

엄마 쉬투파엔이 활불을 보며 말했다.

"누구시더라? 어디서 본 거 같은데."

노인과 청년들이 엄마 쉬투파엔의 머리를 눌러 활불께 고두를 시키려 했다. 이 모습을 본 활불은 되레 손을 흔들어 엄마 쉬투파엔을 놓아주라고 표시했다.

엄마 쉬투파엔은 풀려나자 금세 조용해졌다.

활불은 불단에서 호신부를 하나 꺼내 옆에 있는 연로한 노인에게 건넸다.

"돌아가서 이걸 목에 걸어주세요. 아마 조금 도움이 될 겁니다."

그날 이후 사람들은 엄마 쉬투파엔의 목에 붉은 호신부가 걸려 있는 모습을 볼 수 있었다. 계절이 아무리 변해도 그녀의 목에는 항상 호신부가 걸려 있었다. (「기억 속 두 사람」)

'엄마 쉬투파엔'은 우연히 만난 '중년 남자'와 자신의 옛 추억을 나누며 매우 일상적이며 정상적인 대화를 나눈다. 활불이 내린 호신부를 아마도 "큰 쥐가 먹어치운 게 분명"하다는 그녀의 말은, 활불의 권위를 통째로 부정하는 선언이 된다. 활불은 이렇게 티베트의 전통이자 역사이고 문화이지만, 그의 단편집에서 세 단계에 걸쳐 무력화된다. 친근하고 인자하게 문제를 해결해 주는 활불, 친구이지만 결국 원적하고 마는 활불, 문제의 핵심을 꿰뚫지 못한 채 독경과 부적에 의존하는 활불이 그렇다. 그 과정에서 티베트 사람들은 전승되어 온 경외와 의례만으로 활불을 대한다. 으레 고두를 해야 하고, 으레 탑을 세워야 하고, 으레 치아를 모셔야 한다. 활불이 의례로 남을 때, 티베트 문화는 흔들린다.

'돌마'는 「낯선 사람」, 「오후」, 「죽음의 색」에 등장한다. 「낯선 사람」의 돌마는 앞서 말한 바와 같이 삶의 처처에 자리하고 있는, 그러나 우리가 알아채지 못하고 있는 우리의 욕망을 대표한다.

「오후」에서 돌마는 안예의 여자 친구다. 돌마는 누구든 이루고 싶어 하는 삶의 목표다. 안예는 돌마를 만나러 밤마다 그녀의 집을 찾는다. 창에 돌을 던져 신호를 보내면 돌마가 창문을 열어준다. 때로는 돌마가 그저 잠들어 버리기 때문에 사다리를 챙겨 가기도 한다. 그런 모습을 안예의 친구 자브가 보고 "멍청한 자식"이라며 놀린다. 둘은 치고 박고 싸운다. 자브는 목표를 성취하러 가는 길, 뜻밖에 만나는 장애물이다. 안예는 도중에 다시 과부 저우바연을 만난다. 과부는 저돌적으로 안예에게 들이댄다. "내 건 전부 네 거나 다름없어. 너만 원한다면 지금 당장 내 전부를 줄게"라고 고백한다. 돌마의 집까지 가려면 반드시 지나야만 하는 동파 아저씨 집 앞에서는 사위가 돼 달라는 요청이 들어온다. 결정적으로 "동파 아저씨의 딸도 돌마다." 그렇게 온갖 유혹과 장애를 뒤로하고 도착한 돌마의 집에서 그는 돌마와 자신의 결혼을 상의하고 있는 집안사람들을 만난다. 안예는 문득 겸연쩍어진다. 우리 삶에서 때로는 친구, 성욕, 심지어 그럴듯하게 제안되는 유사한 목표까지 모두 유혹과 장애가 된다. 이들을 헤치고 나가야 '진짜 돌마'를 얻을 수 있게 된다.

「죽음의 색」에서 돌마는 니마의 여자 친구다. "대단한 미인"이었기에 "남자 녀석들이 넋을 잃고 그녀를 쳐다보기 일쑤였"다. 이 이야기에서 돌마가 니마를 흠뻑 좋아한다. 니마는 쌍둥이이다. 니마는 꽤 우수한 인재이지만, 동생 다와는 "자기 콧물 하나도 제대로 못 닦"는 바보다. 니마는 그런 동생을 잘 "아끼고 사랑"하며 돌봐준다. 그러나 그건 돌마가 있을 때뿐이다. 돌마가 사라지면 동생이 빨리 죽어버리면 좋겠다고 말할 정도다. 그런 니마를 보는 '나'는 불편하다. 그런데 결국 다와는 트럭에 치여 죽고 만다. 니마는 다와가 죽던 날 '죽음의 색'을 보았다고 '나'에게 고백한다. 돌마는 다와가 죽고 나자 니마를 상대조차 하지 않는다. 상황을 파악하고자 찾아간 '나'에게 돌마는 "나한테 장가 와라"고 말한다. 돌마는 니마가 다와의 환생을 위해 자신과 관계를 맺으려는 모습에 실망하고 니마가 가장 사랑했던 사람은 자신이 아니라 다와임을 깨달았다고 고백한다. '나'는 니마의 진심을 돌마에게 전하고, 돌마는 그를 받아들인다.

돌마는 이 이야기에서도 인생의 욕망으로 대표된다. 제발 우리의 삶에서 떨어져나갔으면 하고 바라마지 않는 귀찮은 존재들의 유비로서 다와가 있다면, 우리의 삶에 하루 속히 들어왔으면 하고 바라마지 않는 욕망의 존재들의 유비로서 돌마가 있다. 다와는 지금 여기 함께 있지만 귀찮은 존재다. 돌마는 우리 주변을 맴돌지만 선뜻 가질 수 없는 것이다. 우리는 다와가 사라지면 돌마를 얻을 수 있다고 믿는다. 돌마를 얻지 못하는 까닭이 온전히 다와에게 있다고 판단한다. 그러나 체면 때문에 그런 속내를 아무렇지 않게 드러내지는 못한다. 정작 다와가 사라진다 해도 돌마는 우리 곁을 떠나기 일쑤다. 다와가 소중한 존재였다는 사실은 그가 떠나고 나서 알게 되기 때문이다.

우리 삶에서 다와와 돌마는 양립할 수 없는 존재이면서, 어느 하나가 다른 하나를 대체할 수도 없는 존재임이 분명하다. 돌마를 얻는 선결 조건이 다와의 사라짐이라고 생각하지만, 다와가 사라지더라도 돌마는 내게 오지 않는다. 잡힐 듯 잡히지 않는 욕망이란 내게 붙어 있는 귀찮은 존재가 사라진다고 해서 성취되는 게 아니다. 어쩔 수 없이 나와 함께하고 있는 그 존재, 그리고 내가 성취하고 싶은 욕망 그 자체를 인정할 때, 우리는 불안하지만 둘이 함께 공존할 수 있는 길을 모색하게 된다. 그러나 어리석은 인생은 '죽음의 색'을 보고 나야만 그런 진리를 깨닫게 된다.

이방인은 '낯선 사람'의 형상으로 등장한다. 「낯선 사람」의 '낯선 사람'은 티베트 마을에 문득 나타나 마을을 온통 휘젓고 사라지는 사람이다. 이방인은 티베트 마을 밖, 그러니까 대도시 또는 소도시에서 들어온다. 「아홉 번째 남자」에서 용우파엔이 만난 트럭 기사, 잘생긴 남자 등은 모두 도시에서 왔다. 때로 티베트 사람들은 '도시'로 나가기도 하고 돌아오기도 한다. 「오후」에서 돌마의 오빠는 "도시에서 돌아온"다.

「타를로」에서 타를로는 신분증을 만들러 도시에 나갔다가 다양한 낯선 사람들을 만나면서 난생 첫 경험과 마주한다. 양치기인 그는 미용실에서 머리를 감기도 하고, 예술가로 오인되기도 하고, 파출소에 들어가기도 한다. 사실 그의 '전공'은 양치기다. 양치기에 있어서 그만큼 전문가는 없다.

"저는 소학교만 다니고 더는 안 다녔어요. 부모님이 일찍 돌아가시고 친척들도 저를 도와줄 형편이 아니었거든요. 친척들이 '기억력이 좋으니 마을 몇 집 양을 도맡아서 방목하는 게 어떻겠나?'라고 했어요. 양 한 마리, 한 마리 색깔과 생김새를 잘 기억하면 입에 풀칠은 할 수 있을 거라고요. 다른 수가 없어서 산에 가서 양을 방목하기 시작했어요. 처음 일을 시작했을 때는 양이 136마리였는데, 두 번째 해에는 16마리가 늘어났고, 세 번째 해에는 47마리가 늘어났어요. 네 번째 해에는 11마리밖에 안 늘었지만요. 그 해에 폭설이 심해서 새끼 양이 많이 죽었거든요. 에이,

어쨌든 매년 꾸준히 늘고 있지 단 한 번도 줄어들지 않았어요. 지금은 총 375마리가 있는데, 그중에 209마리는 흰 양이고 71마리는 검은 양이고 95마리는 얼룩 양이에요. 134마리는 뿔이 있고 241마리는 뿔이 없어요." (「타를로」)

신분증을 만드는 행위는 티베트의 전통과는 상관없는 일이다. 그건 중국의 행정구역 안에 사는 '인민'으로서 자신의 정체성을 위치시키는 일이다. 타를로가 티베트 바깥에서 낯선 사람들을 만나게 되는 건 자신의 정체성을 중국이라는 공식적인 둘레 안으로 전치(displacement)하는 과정이다. 그는 행정력이 요구하는 대로 머리를 잘랐다가, 땋았다가 한다. 그리고 "인민을 위해 복무하라"는 마오쩌둥의 어록을 외움으로써 '중국인'으로서 자기 정체성을 확고히 한다.

"자네, 〈인민을 위해 봉사하다〉 한번 읊어보게. 우리 경찰들 시야 좀 넓혀줘."

타를로는 경찰들의 표정을 보면서 군소리 하지 않고 거침없이 암송하기 시작했다.

"인민을 위해 봉사한다. 1944년 9월 8일, 마오쩌둥. 우리 공산당과 공산당이 이끄는 팔로군, 신사군은 혁명 대오입니다. 우리 혁명 대오는 오로지 인민의 해방을 위해, 철저히 인민의 이익을 위해 일해야 합니다. 장쓰더 동지는 우리 혁명 대오 중 한 명이었습니다. 사람은 언젠가 죽기 마련입니다. 그러나 죽음의 의미는 모든 사람에게 같지 않습니다. 중국 고대 문학가인 사마천은 '인간은 언젠가 죽는다. 죽음은 태산보다 무거울 수도 있고 깃털보다 가벼울 수도 있다'고 말했습니다. 인민의 이익을 위해 봉사하다 맞는 죽음은 태산보다 훨씬 무겁고, 파시스트를 위해 일하거나 인민을 착취하거나 핍박하다 맞는 죽음은 깃털보다 훨씬 가볍습니다. 장쓰더 동지는 인민의 이익을 위해 봉사하다 숨졌으므로 그의 죽음은 태산보다 무거울 수밖에 없습니다." (「타를로」)

티베트 사람으로서 타를로는 낯선 사람들과의 만남 속에서 불통의 경험을 반복한다. 그의 정체성은 흔들리고, 티베트의 전통은 마치 그의 꽁지머리처럼 잘려나간다. 중국이라는 행정구역의 지도가 그의 삶으로 다가올 때, 그는 혼란을 경험한다. 중국식 교육에 어쩔 수 없이 함몰돼 있는 그이지만, 그의 내면에서 우러나는 지식과 경험은 마오쩌둥 어록이 아니라 '양치기 방법론'이다. 티베트가 맞닥뜨린 정체성의 위기가 그렇게 그려진다.

'낯선 사람'은 때로 "푸른 눈의 외국인"으로 등장하기도 한다. 「여덟 마리 양」 역시 양치기 소년 익바로를 그린다. 익바로에게 문득 찾아온 외국인은 충격으로 다가온다. 익바로는 "지금까지 한 번도 외국인을 직접 본 적이 없"기 때문이다. 익바로와 외국인은 더듬더듬 티베트어와 중국어, 영어를 오가면서 소통을 시도한다. 외국인은 "티베트 문화를 잘 알고 싶어서 혼자" 찾아온 사람이다. 그러나 익바로의 관심은 온통 양뿐이다.

> 익바로는 외국인을 쳐다보며 말했다.
>
> "우리 집 양이 곧 백 마리가 돼요. 하지만 어젯밤에 늑대가 철책을 망가뜨리고 넘어와서 여덟 마리를 물어 죽였어요."
>
> 외국인은 울먹이며 말하는 익바로의 모습에 놀란 것 같았다.
>
> 익바로는 계속 울먹이며 말을 이었다.
>
> "양 백 마리를 채우는 게 나와 엄마의 올해 소망이었어요. 근데 어젯밤에 흉악한 늑대가 우리 집 양을 여덟 마리나 물어 죽였어요." (「여덟 마리 양」)

익바로는 중년 남성에게 외국인을 조심해야 한다는 훈계를 듣는다. 외국인은 이런저런 얘기를 나누다가 돌아가 버린다. 그에게 찾아온 충격은 그렇게 마무리된다. 익바로에게 그건 "깊은 두려움"이었다.

> 익바로는 멍하니 외국인이 떠난 쪽을 바라보고 있었다. 그의 신발 소리가 완전히 사라지자 갑자기 고개를 냅다 들어 머리 위에 있는 태양을 바라봤다. 여전히 수직으로 내리쬐는 한낮의 햇살에 눈이 따가웠다. 하지만 억지로 참으며 피하지 않았다. 갑자기 눈앞이 새하얗게 변하더니 아무것도 보이지 않았다. 깊은 두

려움이 몰려들었다. (「여덟 마리 양」)

티베트 공간에 들고 나는 '낯선 사람'이란 존재는 티베트 바깥의 모든 이들로 상징된다. 그들은 한족 중국인, 티베트를 행정구역화한 공무원, 푸른 눈의 이방인 등이다. 티베트 사람들은 이들을 처음으로 경험하며 놀라고 두려워한다. 그러나 티베트 바깥 사람들은 티베트 사람들을 아무렇지도 않게 오히려 무언가 신비에 둘러싸여 있는 인물들로 이해한다. 그런 의미에서 페마체덴의 단편집은 티베트에 대한 이해의 현실적 반영이다.

페마체덴은 이처럼 활불과 돌마, 이방인이라는 상징과 표상을 통해 티베트 사람들의 삶과 문화, 그리고 티베트 안과 밖에서 서로를 바라보는 교차하는 시선을 그려내고 있다.

5

페마체덴의 소설을 말하면서 어쩌면 마술적 사실주의(magic realism)이라는 용어를 꺼내 들지 않을 수 없을지도 모르겠다. 현실에서 이해하기 힘든 일들, 현실의 법칙으로 설명하기 어려운 인과를 그려내기 때문이다. 그의 소설에서 티베트라는 공간은 현실이기도 하면서 판타지이기도 하다. 말 그대로 현실과 판타지를 적절하게 버무림으로써 전통 소설의 한계를 뛰어넘어 보려 하기 때문이다.

마술적 사실주의 문학이 20세기 후반 라틴아메리카를 휩쓸었던 걸 생각하면, 지구 반대편의 티베트에서도 그런 기법과 세계관이 통용되지 못하란 법은 없다. 생소한 주인공들, 충분히 설명되지 않는 형상들, 문득 등장했다가 사라져버리는 인물들, 신비하고 비정상적인 듯하면서도 지극히 정상적인 캐릭터들, 그런 과정을 묵묵히 지켜보는 일인칭으로서 '나'라는 존재들, 사건이 일어난 까닭과 결과가 없는 이야기들, 꿈과 현실이 뒤섞이고, 이야기와 현실이 중첩되며, 근대적 인과율을 벗어나는 사건 전개들, 무언가 암시와 상징으로 가득 찬 선적(禪的) 분위기의 서사들. 이런 요소는 페마체덴의 소설을 마술적 사실주의라고 말할 수 있는 근거가 된다.

우리 독자에게 티베트 소설이 소개된 게 처음은 아니지만, 이렇게 두고두고 곱씹을 만한 작품이 풍성하게 차려진 건 틀림없이 처음이다. 티베트는 신비한 땅이기도 하지만, 그들의 문화와 정체성은 위기에 놓여 있으면서, 동시에 대안적(alternative)인 것으로 인식되기도 한다. 두 겹 세 겹 껍질을 벗기고 들어가야만 하는 그 길목에서 우리는 이제 겨우 한 겹 껍질만을 벗겨냈을 뿐이다. 옮긴이는 어려운 상황에서도 노력을 다하기 위해 등장인물의 이름을 그저 중국어 식으로 음역 표기하지 않고 가능한 티베트식으로 읽고 쓰기 위해 노력했다. 페마체덴의 이야기를 우리에게 정성껏 전해 주고자 한 옮긴이에게 찬사를 보낸다. 오랜만에 풍부한 상징성과 문학성으로 우리에게 인간 삶의 보편적 고민과 문제들, 티베트라는 특수한 문화와 그 곳에서 살아가는 사람들의 이야기를 접할 수 있는 기회가 주어져 즐겁기 그지없다.

지은이 페마체덴(萬瑪才旦)

티베트인으로서 작가이자 영화감독, 번역가이다.

시베이 민족대학에서 티베트어와 문화를, 베이징 영화학교에서 영화를 공부했다.

1991년부터 작품 활동을 시작했다. 대표작으로는 티베트어 소설집 『유혹诱惑』『도시 생활都市生活』과 중국어 소설집 『방랑 가수의 꿈流浪歌手个梦』, 프랑스어 소설 『Neige』, 일본어 소설 『영혼을 찾아서寻找智美更登』가 있다.

그의 작품은 영어, 프랑스어, 독일어, 일본어, 체코어 등으로 번역되었다.

2002년부터 티베트의 문화와 생활을 깊이 있고 세심하게 그려낸 영화를 만들고 있다. 대표작으로는 〈고요한 마니석静静的嘛呢石〉, 〈진파撞死了一只羊〉, 〈영혼을 찾아서寻找智美更登〉, 〈올드 독老狗〉이 있다. 베니스영화제 오리종티 각본상, 상하이영화제 아시아 신인 최고감독상, 중국 진지상 최고 연출가 데뷔작상, 도쿄 FILMeX영화제 최고영화상, 브루클린영화제 최고 영화상 등을 수상하며 활발한 활동 중이다.

옮긴이 김미헌

성신여대 중문과와 제주대 통번역대학원 한중과를 졸업했으며 한국외대 중문과 박사과정을 수료했다. 중국 안칭직업기술대학 외국어과 교수를 지낸 바 있다. 현재 제주대학교 통역번역대학원 등에서 강의하고 있으며, 부산국제영화제, 부천국제판타스틱영화제 등 각종 영화제에서 영상 번역가로 활동 중이다.

:: 산지니 · 해피북미디어가 펴낸 큰글씨책 ::

문학

보약과 상약 김소희 지음
우리들은 없어지지 않았어 이병철 산문집
닥터 아나키스트 정영인 지음
팔팔 끓고 나서 4분간 정우련 소설집
실금 하나 정정화 소설집
시로부터 최영철 산문집
베를린 육아 1년 남정미 지음
유방암이지만 비키니는 입고 싶어 미스킴라일락 지음
내가 선택한 일터, 싱가포르에서 임효진 지음
내일을 생각하는 오늘의 식탁 전혜연 지음
이렇게 웃고 살아도 되나 조혜원 지음
랑(전2권) 김문주 장편소설
데린쿠유(전2권) 안지숙 장편소설
볼리비아 우표(전2권) 강이라 소설집
마니석, 고요한 울림(전2권) 페마체덴 지음 | 김미헌 옮김
방마다 문이 열리고 최시은 소설집
해상화열전(전6권) 한방경 지음 | 김영옥 옮김
유산(전2권) 박정선 장편소설
신불산(전2권) 안재성 지음
나의 아버지 박판수(전2권) 안재성 지음
나는 장성택입니다(전2권) 정광모 소설집
우리들, 킴(전2권) 황은덕 소설집
거기서, 도란도란(전2권) 이상섭 팩션집
폭식광대 권리 소설집
생각하는 사람들(전2권) 정영선 장편소설
삼겹살(전2권) 정형남 장편소설
1980(전2권) 노재열 장편소설
물의 시간(전2권) 정영선 장편소설
나는 나(전2권) 가네코 후미코 옥중수기
토스쿠(전2권) 정광모 장편소설
가을의 유머 박정선 장편소설
붉은 등, 닫힌 문, 출구 없음(전2권) 김비 장편소설
편지 정태규 창작집
진경산수 정형남 소설집
노루똥 정형남 소설집
유마도(전2권) 강남주 장편소설
레드 아일랜드(전2권) 김유철 장편소설
화염의 탑(전2권) 후루카와 가오루 지음 | 조정민 옮김
감꽃 떨어질 때(전2권) 정형남 장편소설
칼춤(전2권) 김춘복 장편소설
목화-소설 문익점(전2권) 표성흠 장편소설
번개와 천둥(전2권) 이규정 장편소설
밤의 눈(전2권) 조갑상 장편소설
사할린(전5권) 이규정 현장취재 장편소설
테하차피의 달 조갑상 소설집
무위능력 김종목 시조집
금정산을 보냈다 최영철 시집

인문

엔딩 노트 이기숙 지음
시칠리아 풍경 아서 스탠리 리그스 지음 | 김희정 옮김
고종, 근대 지식을 읽다 윤지양 지음
골목상인 분투기 이정식 지음
다시 시월 1979 10 · 16부마항쟁연구소 엮음
중국 내셔널리즘 오노데라 시로 지음 | 김하림 옮김
파리의 독립운동가 서영해 정상천 지음
삼국유사, 바다를 만나다 정천구 지음
대한민국 명찰답사 33 한정갑 지음
효 사상과 불교 도웅스님 지음
지역에서 행복하게 출판하기 강수걸 외 지음
재미있는 사찰이야기 한정갑 지음
귀농, 참 좋다 장병윤 지음
당당한 안녕-죽음을 배우다 이기숙 지음
모녀5세대 이기숙 지음
한 권으로 읽는 중국문화 공봉진 · 이강인 · 조윤경 지음
차의 책 The Book of Tea
오카쿠라 텐신 지음 | 정천구 옮김
불교(佛敎)와 마음 황정원 지음
논어, 그 일상의 정치(전5권) 정천구 지음
중용, 어울림의 길(전3권) 정천구 지음
맹자, 시대를 찌르다(전5권) 정천구 지음
한비자, 난세의 통치학(전5권) 정천구 지음
대학, 정치를 배우다(전4권) 정천구 지음